지금 바로
샤이닝

지금 바로 샤이닝

조영미 장편소설

초판 1쇄 발행 2024년 12월 16일

지은이 조영미
펴낸이 권경옥
펴낸곳 해피북미디어
등록 2009년 9월 25일 제2017-000001호
주소 부산광역시 동래구 우장춘로68번길 22
전화 051-555-9684 | 팩스 051-507-7543
전자우편 bookskko@gmail.com

ISBN 978-89-98079-98-7 43810

지금 바로 샤이닝

조영미 장편소설

해피북미디어

차례

한국행

　여자는 남자를 쫓았다. 7층, 6층, 5층, 남자는 전력을 다해 계단을 내려갔다. "거기 서!" 여자가 소리쳤고 남자는 불안한 시선으로 뒤를 보며 달렸다. 여자가 점점 더 가까이 다가가 남자를 향해 가방을 던지자 퍽, 소리와 함께 비명이 들렸다. 여자는 빠른 속도로 계단을 내려가 남자의 팔을 잡아당기며 말했다.

　"어딜 도망가려고?"

　남자는 가쁜 숨을 몰아쉬며 돌아봤고, 여자는 온 힘을 다해 남자의 멱살을 끌어당겼다.

　"만날 사람은 만나고 가야지."

　여자가 숨을 헐떡이는 남자에게 말했다. 이글거리는 여자의 눈빛을 마주한 남자가 애원하듯 외쳤다.

　"미자야, 제발, 제발."

　　　　　　　　　　　　*

　"미자 리 갈비."

　승무원이 여권에 적힌 이름을 소리 내어 말했다. 미자는 본인이 맞다는 듯 눈을 더 크게 뜨며 승무원을 보았다.

　"여권이랑 보딩패스는 여기 있습니다. 좌석은 18A 창가쪽 자리입니다."

　고개를 끄덕이고 승무원이 건넨 여권을 먼저 받아 든 미자는 자기 이름을 다시 보았다. 미자 리 갈비(Mija Lee Garbie). '미자(Mija)'는 이름이고, 미들네임 '리(Lee)'는 엄마 이정희의 성 '이'에서 왔으며, '갈비(Garbie)'는 아프리카계 미국인인 아빠의 성이다. 공식 문서상의 이름은 미자 리 갈비지만, 사람들은 그냥 이미자라고 부른다. 어떤 이들은 한국 이름에서 갈비가 왜 빠졌느냐고 묻곤 했다. 그래서 미자는 갈비를 넣어 보았다. 이미자 갈비, 이갈비 미자. 어느 쪽도 놀림감이 될 게 뻔했다. 영문 이름에는 엄마와 아빠의 성이 공평하게 들어갔는데 한국 이름에는 아빠 성이 빠진 게 마음에 걸렸던 미자는, 엄마와 고모가 공동 운영하는 한식당 이름을 '미자 갈비'라 짓자는 엄마의 말에 동의함으로써 마음의 짐을 덜었다.

여권을 손가방 안에 넣고 지퍼를 잠갔다. 어깨너비로 손잡이를 잡고 카트를 힘차게 밀었다. 가슴이 세차게 두근거린 나머지 심장이 갈비뼈를 뚫고 나올 기세였지만 그건 기분 좋은 긴장감이었다. 미자는 더욱 힘주어 카트를 밀며 속으로 외쳤다. 가자, 드디어 오늘 한국에 간다.

시카고 오해어(O'Hare) 국제공항은 세계에서 가장 크고 미국에서 가장 많은 승객이 드나드는 공항답게 북새통이었다. 카트를 반납하고 돌아서는데 한 무리의 가족이 통로를 가로막고 있었다. 그들은 미자의 코앞에서 작별 인사를 나누고 있었다. 농구 선수처럼 어깨가 떡 벌어진 남자를, 할머니, 할아버지, 엄마, 아빠, 엄마의 친구, 동생들, 누군가의 친구의 친구가 돌아가면서 끌어안았다. 그들은 남자를 이렇게 불렀다.

다니엘.

무리는 쉴 새 없이 다니엘을 불렀다. 곁에서 메아리처럼 울리는 다니엘이라는 이름을 듣고 있으니, 미자도 왠지 그들 사이에 껴서 다니엘을 부르며 손이라도 흔들어 줘야 할 것만 같았다. 동시에, 대가족에 둘러싸인 다니엘이 부럽기도 했다. 쓸데없는 생각이라는 듯 도리질을 치고 휴대폰을 보았다. 오전 열 시. 채소 배달을 하는 김씨 아저씨와 돼지 내장을 담당하는 미스터 박이 올 시간이었다. 이들과 일상을 함께하는 한, 엄마나 고모, 미자 중 누가 공항에 가든 서로를 배웅하는 일은 없을 것이라 미자는 확신했다.

미자는 길을 막고 선 무리들을 피해 발걸음을 뗐다. 그러자 옆에 있던 사람이 방향을 틀며 미자를 밀쳤다. 균형을 잃은 미자는 누군가의 발을 밟으며 휘청였다. 순간, 미자에게 단단한 힘이 전해졌다. 굵고 단단한 남자의 팔뚝이 미자를 받치고 있었다. 튀어 오를 듯 솟은 힘줄에 시선이 멈추었던 미자는, 서서히 위를 올려다보았다. 170센티미터가 넘는 미자조차도 고개를 뒤로 젖혀 올려다봐야 할 정도로 키가 컸고, 작은 얼굴에 둥글고 큰 눈, 도톰한 입술을 움직이며 미소를 짓는 그는, 다니엘이었다.

"괜찮아?"

다니엘의 목소리는 낮고 차분했다. 저도 모르게 얼굴이 후끈거리는 게 느껴진 미자는 서둘러 고개를 끄덕이고는 다니엘을 뒤로한 채 걸음을 재촉했다. 뒤에서는 여전히 "다니엘, 아 윌 미스 유"가 반복적으로 들렸다. 그들은 하나같이 엄마와 고모만큼이나 목소리가 컸기에 그 사람들이 자신을 부르는 것 같다고 미자는 착각했고 그들을 돌아보고 싶다는 충동까지 느꼈다.

탑승까지는 한 시간 정도가 남았다. 미자는 탑승구를

향해 부지런히 발길을 옮겼다. 걸을수록 옷에서 고기 냄새가 났다. 아침에 정신없이 옷을 주워 입었는데 하필이면 어제 자정까지 불판을 나를 때 입었던 셔츠였다. 면세점 매대에 진열된 향수를 들어 왼쪽 가슴께를 향해 두어 번 뿌려 주려 했는데, 구멍이 난 방향을 잘못 조준해 콧구멍에 향수가 직통으로 들어갔다. 미자는 콧구멍이 내뿜는 장미향을 킁킁대고는 아무 일도 없었다는 듯, 향수를 제자리에 두고 33번 탑승구를 향해 몸을 틀었다. 승객들이 많지 않았다. 탑승구 앞 통로를 향해 놓인 의자에 자리를 잡고 앉았는데 누군가 영어로 말을 걸었다.

"한국에 가나 보네."

낮고 차분한 음성이었다. 고개를 들어 보니 다니엘이었다. 미자는 멀뚱히 다니엘을 바라보았다. 그는 살짝 미소를 지어 보이고는 일행이 있느냐고 물었다. 미자가 고개를 가로젓자 다니엘은 자연스럽게 미자 옆에 붙어 앉았다. 다니엘과의 거리가 너무 가깝다고 느꼈지만 미자는 굳이 엉덩이를 옆으로 옮기지는 않았다.

"고등학생이야?"

그 물음에 미자가 고개를 끄덕이자 다니엘은 악수를 청하며 말했다.

"난 다니엘이야."

"알아."

미자는 다니엘이 내민 손을 잡으며 말했다. 딱딱하고 촉촉한 감촉이 그다지 나쁘지 않다고 미자는 생각했다.

"어떻게 아는데?"

"모를 수가 없지. 아까 그렇게 많은 사람들이 한꺼번에 네 이름을 불러 댔는데."

미자의 말에 다니엘은 고개를 뒤로 젖히며 소리 내어 웃었다. 그러고는 자기는 미네소타 사람인데 그곳에는 인천행 직항 항공편이 많지 않아 시카고에서 갈아타야 했다고 말했다. 그럴 거면 시카고 이모 집에서 친척들과 함께 시간을 보낸 뒤 한국에 가는 편이 낫겠다는 다니엘의 결정에 온 가족이 시카고로 따라왔고, 결국 공항에 이모 식구들까지 오게 됐다는, 묻지도 않은 말을 했다.

이야기를 듣는 내내 미자는 다니엘을 물끄러미 바라보았다. 흰 털이 뽀얀 포메라니안이 앞에서 큰 눈을 껌벅거리는 것만 같았다. 손을 내밀어 앞발을 잡아 주거나 목덜미를 만져 주어야 할 것도 같았다. 미자는 다니엘에게서 눈을 떼기 어려웠다. 다니엘은 굵직한 목소리로 물었다.

"이름이 뭐예요?"

미자는 이 질문에 살짝 당황한 기색을 보였는데, 영어로 말하던 다니엘이 갑자기 한국어로 물어서였다. 미자는

'미자 리 갈비'나 '이미자 갈비' 대신 간단히 답했다.

"미자."

"반가워요, 미자."

미자는 한국어에 답했고 반말을 했다. 다니엘은 미자의 한국어가 당연하다는 듯 한국어 존댓말을 계속 썼다.

"나도 반가워."

미자는 한국어로 인사를 건네고는 뭔가 어색해 고개를 갸웃했다. 식당 '미자 갈비'가 아닌 곳에서 미자에게 한국어로 말을 거는 사람은 거의 없었다. 식당에서도 미자의 한국어에 굳이 영어로 대답하는 쪽은 대부분 한국인들이었다. 가끔은 그들의 엉터리 영어를 알아듣기 어려워, "한국어로 하셔도 돼요"라고 하면, 그들은 하나같이 미자에게 이렇게 말했다.

"이렇게 생겨 갖고 한국말 되게 잘하네."

그들이 보기에 미자는 '이렇게 생긴' 애였다. 아빠가 아프리카계 미국인이니 피부색이 어두웠고, 눈, 코, 입, 귀 중 뭐 하나 작은 게 없으며, 머리카락은 곱슬이었다. 미자는 누가 봐도 아프리카계의 피가 흐른다는 것을 한눈에 알 수 있는, 그들이 말한 '이렇게 생긴' 애였다. 미자는 다니엘을 보았다. 부모님이 한국계일 거란 생각이 스쳤다.

"한국인이야?"

"한국인이었고, 하지만 지금 미국인이고, 한국인도 되어고."

한국인이었다가 한국인도 되고 미국인도 된다는 헷갈리는 말에 '되어고'라는 부정확한 한국어를 썼지만, 미자는 "그게 뭔 소리야?"라고 묻지 않았다. 이해 못할 것도 없었다. 미국에선 미국인이 아니었지만 미국인이 되었다가 또 미국인이 아닐 수도 있는 사람들이 태반이다. 미자는 마땅히 해 줄 말을 찾지 못한 나머지 결국 뻔한 말을 했다.

"한국어 잘하네."

칭찬 같지 않은 칭찬에 다니엘은 가방 지퍼를 열며 영어로 대꾸했다.

"미국에서도 계속 배웠어."

"배웠다고 다 잘하는 건 아니지."

어느새 미자는 한국어로 말했고 다니엘은 영어로 답했다. 다니엘은 미자에게 한국어가 제법 자연스럽다며 칭찬을 해 주었다. 미자는 별거 아니라는 듯 말했다.

"엄마가 한국 사람이니까."

"엄마가 한국 사람이라고 다 한국어를 잘하는 건 아니지."

다니엘은 영어로 혼잣말을 하듯 중얼거렸다. 미자는 순

간 말실수를 했다는 생각이 들어 애꿎은 휴대폰을 만지
작거렸다. '엄마가 한국 사람이니까.' 무심코 뱉은 말이
자꾸만 마음에 걸렸다. 이 말이 어쩌면 다니엘을 언짢게
했을 수도 있다는 생각이 스쳤다. 곁눈질로 다니엘을 쳐
다보았다. 다행히 다니엘은 별 생각이 없는 눈치였다. 대
신 다니엘은 가방 안에서 뭔가를 꺼내는 데 온통 정신이
팔려 있었다.

"여깄다."

다니엘이 꺼낸 건 〈드림캠프〉 참가자들에게만 우편으
로 발송해 주는 안내 책자였다. 다니엘은 미자에게 책자
를 보이며 물었다.

"맞지?"

"뭐가?"

"너도 여기 가잖아."

미자는 다니엘의 질문에 긍정도 부정도 하지 않았다.
'내가 여기에 가는 걸 어떻게 눈치챈 걸까' 의구심을 품던
차, 다니엘은 미소를 보이며 턱짓으로 미자의 배낭을 가
리켰다. 배낭 손잡이에는 이름과 전화번호, 주소 등이 써
있는 태그가 달려 있었는데 그것은 〈드림캠프〉 측에서 보
내 준 거였고, 그 노란색 명찰 뒤에는 "Dream Camp-
Korea"라고 쓰여 있었다.

〈드림캠프〉란 선발된 참가자들에게 전액 장학금을 제공하여 2주간 한국에 머물게 하며 다양한 활동에 참가할 기회를 주는, 해외 거주 청소년을 대상으로 한 단기 특별 프로그램이다. 여기서 장학금이란, 2주간 진행되는 각 분야 전문가와 함께하는 한국어 수업, 음악 및 스포츠 활동, 지역 탐방, 유명 케이팝 스타 콘서트 관람 등과 같은 프로그램 참가비용을 포함해 왕복 항공권과 숙식 제공은 물론, 한국 체류 기간에 필요한 생활비까지 포함한 금액이었다. 참가자로 선발되면 한국에 여권만 들고 가도 된다는 뜻이었다. 또한 해외 거주 청소년이란 한국 국적자가 아닌 청소년을 의미하기에 미자 같은 한국계도 참가할 수 있었다.

무엇보다도 이 캠프는 참가자가 꼭 만나고 싶어 하는 한국 사람을 만나게 해 준다는 점에서 더더욱 특별했다. 미자에게도 간절히 찾는 사람이 있었다. 몇 달 전부터 미자는 식당 일에 손을 놓은 채 오로지 지원서에 첨부할 에세이 작업에만 몰두하며 이 캠프에 참가하기 위해 사력을 다했고, 결국 〈드림캠프〉 멤버로 선발이 되었다.

배낭 손잡이에 제 이름과 소속을 큰 글씨로 부착하고 다녔으니 다니엘이 모를 리 없었던 것이다. 미자가 머쓱해하며 명찰을 만지작거리자 다니엘도 자기 배낭에 달린 노란 명찰을 보여 주었다. 미자는 마치 다니엘과 은밀한 비밀이라도 공유한 것 같은 기분이 들어 하핫, 소리 내서 웃어 버렸다. 다니엘이 몸을 앞쪽으로 빼고는 미자에게 물었다.

"이 캠프는 어떻게 알게 됐어?"

다니엘은 마치 캠프 관계자인 듯 미자에게 인터뷰 질문을 건넸다. 미자는 그의 질문에 순순히 대답을 해 주었고, 어느새 그들은 영어로 대화하고 있었다.

"고모가 가라고 해서 신청하긴 했는데……."

"좋은 고모네. 캠프 정보도 알려 주고."

이 말에 이어 다니엘은 이번 〈드림캠프〉 참가 기회를 놓치면 후회할 것 같아 무리를 해서라도 가고 싶었다고 했다. 그러고는 묻지도 않은 말을 연이어 덧붙였다.

"한국교민 커뮤니티에서 활동하면서 한국인이랑 어울릴 기회가 많았거든. 거기서 〈드림캠프〉도 알게 됐고."

쉴 새 없이 재잘대는 다니엘의 입술은 반짝반짝 빛이 났다. 미자는 한동안 홀린 듯 다니엘을 바라보았다. 다니엘의 얼굴에는 백만 가지의 표정이 나타났다가 지워지기를 반복했고, 수많은 표정들이 움직이는 동안 천만 가지의 이야기가 꿈틀거렸다. 콧구멍에서 장미향을 내뿜는 자신이 보조개에서 벚꽃 내음을 풍기는 아이와 마주하고 있다는 생각이 스쳤다. 다니엘은 쉴 새 없이 이야기를 했다. 다니엘에게는 자신의 이야기를 숨김없이 꺼내며 남의 이야기도 끄집어내는 재주가 있었다. 상대방에게 호감을 주며 대답을 쉽게 이끌어 내는 사람, 다니엘은 그런 아이였다.

"만나고 싶은 사람에는 누구를 적었어?"

다니엘은 미자 쪽으로 몸을 기울여 물었다. 미자는 순간 멈칫했으나 망설임 없이 대답했다.

"만나겠다고 한 사람이랑 실제로 만날 사람이 다른데."

"정말? 나두, 나두."

다소 흥분된 목소리의 "나두, 나두"는 미자와 다니엘이 같은 편이라고 알려주는 듯했고 미자는 다니엘과 같은 팀이 된 게 반가웠다. 미자는 조금 더 가까이 다가가 목소리를 낮춰 말했다.

"만나겠다고 한 사람은 '할매 국밥' 식당 사장님이거든. 근데 사실은…."

이 말에 다니엘은 눈을 동그랗게 뜨고 미자에게 더 바짝 다가왔다. 미자는 다니엘의 눈동자를 보았다. 흔들림 없는 그 눈빛을 보자 미자는 흔들렸다. 미자의 흔들림은 이내 망설임이 되었고 이를 눈치 챈 다니엘이 채근하기 시작했다.

"얘기해 봐. 누군데? 나두 말해 줄게, 나두, 나두."

다니엘의 "나두, 나두"는 결국 미자의 말문을 터지게 했고, 미자는 좀 센 척해 보이고 싶다는 충동이 일어 결국 이렇게 말해 버렸다.

"엑스(ex)맨."

"누구?"

"엄마 구 남친. 그 인간이 우리 엄마 돈 떼어먹고 한국으로 날랐거든."

어색한 침묵이 흘렀다. 다니엘은 눈을 한 번 더 크게 뜨고 깜빡거릴 뿐이었다. 더 이상의 반응은 없었다. 그렇게 말이 많던 아이는 아무 말도 없었고 그 어떤 반응도 보이지 않더니 이내 다리를 떨기 시작했고, 부산스럽게 움직이며 가방을 열어 〈드림캠프〉 안내 책자를 도로 넣었다. 미자는 아무렇지도 않은 척 보딩패스로 부채질을 했지만 그렇다고 아무렇지도 않은 건 아니었다. 누구에게도 말하지 않았던 속엣말을 하는 건 아무리 욱하는 심정이었다고 해도 쉽지 않은 행동이었으니까.

잠시 후 승무원의 지시에 따라 그들은 기내로 들어갔다. 다니엘은 좌석번호를 확인하고는 "내 자리는 여기야"라며 뒤를 돌아보았다. 미자는 대꾸하지 않고 앞만 보며 통로를 따라 빠른 걸음으로 움직였다. 좌석번호를 확인하고 자리에 앉자마자 안전벨트를 했다. 목베개를 뒷목에 끼고는 눈을 감았다. 다니엘이 만나고 싶어 하는 사람은 누굴까, 괜히 궁금하기도 했는데.

'아, 됐다. 들으나 마나 개새끼겠지.'

미자는 눈을 감고 중얼거리며 애써 침착하게 굴었다.

*

열세 시간의 비행으로 인천 공항에 도착했다. 답답하고 습한 공기가 온몸을 휘감자 미자의 심장은 빠르게 뛰었다. 앞으로 무슨 일이 일어날지, 아니 이 공항에서 목적지까지 무사히 갈 수 있을지, 괜한 걱정과 즐거운 기대가 습한 공기와 함께 온몸을 휘감은 듯 미자는 양팔로 제 몸을 감쌌다.

어느새 다니엘이 미자 옆으로 다가와 있었다. 아무 일도 없었다는 듯 머리를 한 번 긁적이더니 슬쩍 눈웃음을 지었다. 미자는 웃지 않은 채 앞에 선 버스에 올라탔다. 〈드림캠프〉 오리엔테이션 시간까지 얼마 남지 않아 서둘러야 했다. 한 시간가량이 지나자 목적지에 도착했다. 리무진 버스가 선 정류장의 이름은 에스에스 815(SS 815)였는데, 이는 정류장 바로 앞에 위치한 은빛으로 빛나는 거

대한 건물의 이름이기도 했다.

미자는 건물이 몇 층인지 세어 보기라도 할 기세로 고개를 젖혔는데 한 남자가 앞으로 다가왔다. 남색 양복 차림에 목에 IC 카드를 건 남자는 호탕한 웃음소리를 내며 다가와 다니엘을 와락 끌어안았다. 그들에게서 서너 보폭쯤 뒤로 물러나려는 미자에게 다니엘은 미네소타에서부터 친분이 있는 사이라며 남자를 소개했다.

"안녕하세요? 강준호입니다."

준호는 반갑게 인사를 건네며 자신이 〈드림캠프〉 스태프라고 했다. 미자는 준호를 향해 가볍게 고개를 숙였다. 준호는 서른 살 안팎의 회사원으로 보였다. 190센티에 달하는 다니엘보다는 작았지만 키가 꽤 큰 편이었고, 피부가 하얬으며, 눈, 코, 입이 다 컸다. 미자 고모가 준호를 봤더라면 "딱 내 스타일이야"라고 호들갑을 떨었을지도 몰랐다. 그들은 엘리베이터 안으로 짐을 옮겼다. 다니엘은 양손을 탁탁 털고는 부스럭거리며 주머니에서 연둣빛이 나는 작은 봉투를 하나 꺼내 미자에게 내밀었다. 봉투에 큼지막하게 쓰인 글자가 눈에 박혔다. 샤샤. 이름만 들어도 침샘에서 시큼한 침이 새어 나오는 듯했다. 미자는 그의 호의를 거절했다. 그것은 미자의 성실하고 솔직한 답변인 '돈 떼먹고 간 인간'에 대한 적절한 반응을 해 주지 않은, 그의 무반응과 무성의에 대한 소심한 복수이기도 했다.

다니엘은 두 번 권하지 않고 이내 준호에게 봉투를 내밀었다. 준호는 거절하지 않고, 봉투에서 엄지손톱만 한 내용물을 꺼냈다. 그것은 밝은 녹색으로 젤리 같기도 하고 말린 과일 같기도 했다. 미자는 다시 한번 그 봉투로 눈을 돌렸다. 샤샤. 본 적이 있었다. '미자 갈비' 근처 K 마트에서였다. 1+1 행사로 홍보를 하더니 이내 하니빠다 칩의 인기를 단번에 능가했던 품목으로 K 마트로 배달을 갈 때면 사장님이 몰래 미자 주머니에 한 봉지 넣어 주곤 했다. 고모가 좋아하기 때문이었다. 그런데 언제부터인가 샤샤는 K 마트에서 볼 수 없었다. 미자는 다니엘 손에 든 샤샤를 오랜만에 본 셈이었다.

두 남자가 샤샤를 오물거리고 미자가 고개를 들어 엘리베이터가 한 층씩 위로 올라가며 빨간 숫자가 바뀌는 걸 응시하는 사이, 51층에 도착했다. 미자는 휴대폰을 들어 시간을 확인했다. 오전 10시 40분. 오리엔테이션 시작까지 20분이 더 남아 있었다.

준호는 오리엔테이션이 열리는 장소로 미자와 다니엘을 안내했다. 회의실로 보이는 공간의 앞쪽 책상에는 두 명의 아이가 앉아 있었다. 책상은 반원 형태로 배열되어 있었고, 책상 위에는 각자의 이름표가 세워져 있었다. 이름표는 총 네 개였다. 국제적인 행사라고 대대적으로 홍보를 한 것에 비하면 소수정예였다.

미자가 주변을 두리번거리는 사이 다니엘은 캐리어를 들어 책상 옆으로 옮겨 주었다. 그 책상 위에는 미자의 이름표가 있었다. 미자는 자리에 앉아 책상 양옆을 쥐며 들어 보려 했으나 책상은 바닥에 단단히 고정되어 있었다. 바로 옆에는 다니엘의 자리였다. 영락없이 다니엘과 붙어 앉아야 했다. 한숨을 쉬었다. 고개를 들어 보니 여자 아이 두 명이 미자를 빤히 바라보고 있었다. 미자는 "하이"와 "안녕하세요"를 번갈아 말하며 어색한 인사를 건넸다.

소피라는 아이는 곱슬머리에 피부톤이 어두웠고, 눈이 유독 컸다. 그 옆에는 이링이라는 이름표가 보였다. 그 자리에는 얼굴이 자그마한 동양계 여자아이가 앉아 빨대를 꽂은 음료수를 쪽쪽 빨아 마시고 있었다. 그 누구도 선뜻 말을 꺼내지 않았는데 아이들은 각자 자기만의 방식으로 긴장감을 보이고 있었다.

잠시 후, 한 여성이 앞문을 열고 들어왔다. 미자는 여자를 보며 새로 부임한 깐깐한 세계지리 선생을 닮았다고 생각했다.

"안녕하세요? 프로그램 담당자 신수리입니다. 반갑습

니다."

여자는 아이들을 향해 공손하게 고개를 숙여 인사했다.
미자는 손을 들어 흔들려다 한 손만 흔들며 고개를 숙이
는 엉뚱한 방식으로 인사를 해 버렸다. 한국식 인사는 매
번 헷갈렸다. 엄마는 미자에게 어른에게 손을 흔들며 인
사하면 버르장머리 없는 짓이라고 일렀지만 그 습관은
쉽게 고쳐지지 않았다.

"수리라고 불러 주세요."

그 말에 미자, 다니엘, 소피, 이링은 제각각 네, 수리, 오
케이, 수리, 라고 대답을 했다.

"제1회 〈드림캠프〉 참가자로 선발된 것을 축하합니다."

수리는 줄곧 한국어로 말했다. 수리의 말이 끝나자 아
이들은 주변을 한 번 흘끗 보고는 한 박자 늦게 박수를
쳤다. 박수 소리는 크지 않았다.

"여러분은 미국, 프랑스, 대만 지역에서 선발되었습니
다."

"전 세계 아니에요?"

다니엘이 미소를 지으며 한국어로 조심스럽게 말을 꺼
냈다. 다니엘이 웃자 또 한 번 양 입가에 보조개가 움푹
들어갔다. 미자는 이 건물에 들어온 이후 내내 다니엘만
보고 있었는데, 그의 왼쪽 입가에 뭔가가 묻어 있어서였

다. 손바닥을 들어 그의 입가를 툭툭, 털어 주고 싶은 충
동이 일었으나, 꾹 참았다.

"당초 계획은 그랬습니다. 그런데 계획을 변경해 저희
회사, 샤이닝이 비교적 많이 알려진 지역부터 시범적으로
시작하기로 했습니다."

당신의 가장 빛나는 시절, 지금 바로 샤이닝

이 광고 카피로 이름을 알린 샤이닝은 〈드림캠프〉를 주
최한 한국의 유명 화장품 회사였다. 바르면 바를수록 반
짝이는 중저가 립스틱으로 유명세를 탔다. 몇 해 전 시카
고 다운타운에 입점한 샤이닝 립스틱은 곧 미자 고모의
애장품이 되었다. 예전에 쓰던 립스틱은 고모의 입술을
더 어둡고 두껍게 보이게 했다. 그러나 샤이닝의 돈 크라
이 홍도(*Don't cry Hongdo*)는 달랐다. 그 립스틱은 고모의
입술을 밝고 붉게 만들어 주었을 뿐만 아니라 얼굴 톤 자
체를 환하게 바꾸어 주었다. 가게를 찾는 이들은 모두 고
모의 입술을 칭찬하다 못해 칭송하기 시작했고, 돈 크라
이 홍도로 삶의 새로운 의미를 찾은 고모는 일주일에 두
번씩 다운타운 샤이닝 매장에 들렀다. 그때마다 미자 엄
마나 미자를 비롯해 무지개 떡집 사모님, K 마트 아르바
이트생들을 대동하기도 했다.

고모가 매장에 가서 101가지 립스틱 색깔의 특성을 낱

낱이 파헤쳐 매장을 찾은 손님들에게 설명을 해 준 덕분에 샤이닝 립스틱의 매출은 수직 상승했다. 물론 샤이닝 립스틱의 진정한 완판남은 한국 유명 아이돌이다. 그들이 샤이닝 립스틱 광고 모델로 기용된 후, 립스틱은 전 세계에서 완판되었다. 대세 아이돌에 비하자면 고모의 역할은 미미했지만, 시카고 시내에서의 활약은 결코 작지 않았다. 결국 고모는 샤이닝 대표로부터 감사패를 받고 샤이닝의 명예 사원으로 임명되기에 이르렀다. 이렇듯 샤이닝과 고모는 끈끈한 관계를 맺게 되었고, 덕분에 이 회사가 주최하는 〈드림캠프〉 정보를 얻게 돼 미자가 이 자리에 오게 되었다. 물론 미자가 〈드림캠프〉에 참가하고자 하는 목적은 다른 데 있었지만.

수리는 중간중간 영어 단어를 말하면서 아이들의 이해를 돕긴 했지만 거의 대부분은 한국어로 말했다. 마치 이곳에서는 한국어만 써야 한다는 규칙이 있는 듯, 한국어로 이야기를 이어 갔다. 그때 소피가 손을 번쩍 들고 문제를 제기했다.

"우리는 여기서 한국어로만 말해야 하나요?"

그 말에 수리는 프로그램이 진행되는 시간에는 한국어 사용을 원칙으로 하되 오리엔테이션 시간에는 이해를 위해 영어를 사용할 수 있다고 짧게 언급하고는 시선을 돌리며 말을 이었다.

"더 이상 질문이 없으면, 제1회 〈드림캠프〉에 대해 다시 한번 소개하겠습니다."

수리는 리모컨을 들어 프로젝터의 전원을 켰다. 단상에 설치된 스크린이 위잉, 소리를 내며 하강했고 화면 위로 파란불이 번쩍 들어왔다. 잠시 후, 파워포인트 자료가 화면에 모습을 드러냈다.

제1회 드림캠프(Dream Camp)가 시작됩니다.

You are dreaming.

네, 맞습니다. 여러분은 꿈꾸고 있습니다. You are dreaming. 꿈 깨라고요? 누군가가 우리를 비웃고 있네요. 신경 쓰지 마세요. 그들은 여러분의 꿈을 판단할 아무런 자격도 없습니다.

꿈은 곧 시작입니다. 이에 샤이닝은 건강한 미래를 전폭적으로 지지합니다.

미자는 첫 페이지를 보자마자 속이 메스꺼워졌다. 저런 말투로 애들을 다독이는 성인들의 말을 들으면, 손가락과 발가락이 오그라들다 못해 쪼그라들 지경이기 때문이

었다. 게다가 "애들아 꿈을 키워라", "젊은이여 희망을 가져라"라는 케케묵은 말들은, 공기 중의 최소 입자를 맨손으로 잡아 보라거나, 장미향이 나는 콧구멍 안에서 장미꽃을 피워 보라는 헛소리로밖에 들리지 않으니 말이다.

But,
I have a dream.

마틴 루터 킹처럼 미자에게도 꿈이 있긴 하다. 먹고 싶은 걸 먹고, 사고 싶은 걸 사고, 하고 싶은 걸 할 때 돈이 일생일대의 장애가 되지 않는 것, 게다가 이를 위해 모아둔 돈을 떼이지 않고 안전하게 지키는 것, 그때야 비로소 미자의 꿈이 이루어졌다고 할 수 있다. 〈드림캠프〉는 이 꿈을 위한 첫 번째 단계이기도 했다.

수리는 다음 발표 대목으로 넘어가려 왼쪽으로 몸을 살짝 틀어 스크린을 응시했다. 아이들도 앞을 보았다. 수리는 참가자의 자격에 대해 설명했다. 만 15~18세 청소년, 한국어 능력자(중급 이상, 공인 한국어 성적표 첨부), 절실한 이유로 꼭 만나고 싶은 한국인이 있는 청소년. 미자는 이미 자격 조건을 충족했으므로 다시 눈여겨볼 필요는 없다고 생각했다. 딱 하나, 자료에서 강조한 '절실한 이유로 꼭 만나고 싶은 한국인이 있는 청소년'에서는 '꼭 만나고 싶은 한국인'보다 '절실한 이유로'에 눈빛으로 별표를 그렸다. 미자에게 절실한 이유는, 바로 **돈**이었다. 엄마의 돈을 떼어먹은 구 남친을 만나고자 하는 것도 이런 이유에서였다. 화면이 금빛처럼 반짝였고 미자는 손등으로 눈을 문지르고는 다시 화면을 응시했다.

이어서 기업 광고 영상이 펼쳐지며 아래와 같은 자막이 줄지어 올라왔다.

에스에스 815(SS 815)

돈 크라이 홍도
발라 봐 바라봐 바라밤밤
선배, 그 립스틱 꼭 발라요
오늘 밤 주인공은 너와 나

에스에스 815가 선보여 세계적으로 인기를 끈 립스틱 제품입니다. 세계적인 화장품 기업으로 알려진 에스에스 815는 다문화 청소년들을 위한 사회적 기업으로 성장하고 있습니다. 에스에스 815에서 추진하는 활동의 일환으로 올해는 해외 청소년을 대상으로 한 첫 〈드림캠프)를 개최하게 되었습니다. 이에 역량 있는 해외 거주 청소년들이 글로벌 인재로 성장할 수 있는 기틀을 마련하고자 합니다.

커다란 화면 위로 펼쳐진 현란한 영상을 본 뒤, 미자는 아이들의 얼굴을 하나씩 둘러보았다. 립스틱 색깔처럼 다양한 피부색을 가진 〈드림캠프〉 참가자들이 에스에스815 기업을 "세계적인 기업으로 발돋움시키기 위한" 홍보 전략으로 활용되고 있을지도 모른다고 미자는 생각했다. 말장난을 갖다 붙인 립스틱을 팔아 모은 돈을 자신에게 기꺼이 투자해 준다면, 게다가 떼인 돈도 찾아 준다면, 미자는 자기가 이 기업 홍보에 이용이 되든 활용이 되든 상관하지 않기로 했다.

"4페이지에서 6페이지까지는 제출 서류와 관련된 내용이니 넘어가겠습니다."

수리는 손목시계를 흘끗 보고 시간을 확인한 뒤 페이지를 넘겼다. 다니엘은 화면을 보고 있지 않았다. 다니엘의 시선은 수리에게 고정되어 있었다.

프로그램 진행

1. 프로그램은 총 2주입니다.

2. 여러분이 만나고 싶어 하는 한국인(일명 드림맨)을 한 사람씩 만나며 진행됩니다. 이에 따른 특별 과제도 주어집니다. 과제에 관해서는 프로그램 진행 과정 중 알려 드립니다.

3. 평일 오전은 한국어 학습 시간이며, 오후는 여러분의 드림맨을 만나는 시간입니다. 그 밖의 세부일정은 주최 측에서 미리 공지할 예정입니다.

4. 정해진 일정대로 움직입니다. 개별 활동은 허락하지 않습니다. 단, 특별한 사유가 있을 경우 미리 보고합니다.

5. 마지막 날 프로젝트 발표회가 있습니다. 이는 〈드림작품 발표회〉입니다. 2주간 일정에 보고서 준비 시간이 포함되어 있습니다.

6. 프로그램을 가장 성공적으로 마친 참가자에게는 혜택이 주어집니다.

"혜택이 뭐예요?"

그때까지도 빨대를 물고 있던 이링이 물었다.

"프로젝트 발표에서 일 등 한 참가자에게는 대학 전액 장학금과 에스에스 815에서 근무할 기회를 줍니다."

수리가 말한 '프로젝트 발표 시간'이란, 캠프 마지막 날에 각자 자신이 〈드림캠프〉에서 경험한 것들을 하나의 결과물로 완성한, 일명 드림작품 발표회를 일컫는다. 영상 및 보고서 제작 등 다양한 형식으로 〈드림캠프〉 기간에 겪은 자신만의 이야기를 결과물로 완성해 발표하는 시간이기도 했다. 캠프 첫 주는 드림맨을 만나는 주간이고 그 다음 주는 프로젝트 작업 시간으로 구분되었다.

아이들이 웅성거렸다. 다니엘이 수리의 한국말을 정확히 이해하지 못해 고개를 갸웃하며 불안한 표정을 짓자 답답해진 미자가 영어로 간단히 전달해 주었다. 들은 내용을 정리해 보니 미자도 궁금한 게 생겼다.

"장학금은 한국 대학 기준인가요, 미국 대학 기준인가요?"

"어느 대학이든 전액 지원합니다."

수리의 답변에 미자는 눈이 번쩍 뜨였다. 기업 근무는 그렇다 쳐도 연간 오천만 원이 넘는 미국 대학(엄밀히 말하면 미자의 드림스쿨) 등록금을 지원해 준다니 솔깃하지 않을 수 없었다.

"대학을 안 간다면요?"

소피였다. 돈을 주겠다는데 돈을 못 받을 상황을 굳이 말하는 심사는 무엇인지 미자는 헤아리기 어려웠다. 소피는 아랑곳하지 않고 되물었다.

"아니, 프로젝트 발표에서 일 등 한 사람이 대학을 갈 생각이 없다면요?"

"그럼, 등록금도 없지."

소피의 물음에 쏘아붙인 쪽은 미자였다. 수리는, 그 문제는 차후에 논의해 보도록 하죠, 라고 답했다.

"점심식사는 52층 식당에 준비되어 있으니 2시까지 올라오세요. 조금은 늦은 식사가 되겠네요. 아직 숙소에 짐을 갖다 놓지 않은 사람은 두고 오시고요. 우선은 스태프가 와서 몇 가지 주의사항에 대해 알려 주겠습니다. 우리는 내일 만나요."

수리는 사무적인 인사를 끝내고 문을 향해 몸을 틀었다. 좀 전에 다니엘과 미자의 짐을 들어 줬던 준호가 문 앞에서 수리를 기다리고 있었다. 다니엘은 수리를 향해 90도 각도로 몸을 숙여 깍듯하게 인사했고, 수리는 다니엘에게 묵례를 했다. 수리가 행사장 밖으로 나가자, 준호는 단상 앞에 섰다.

"점심시간까지 한 시간 정도 남았으니 숙소로 가서 짐 정리하시고 식당으로 오세요."

"네."

아이들은 이구동성으로 대답하고는 캐리어를 끌고 엘

리베이터에 올랐다. 숙소 방문을 열자 좋은 향기가 났고, 가구는 모두 반들반들 빛이 났다. 예상대로 침대는 세 개였다. 낯선 아이들과 함께 한 공간을 공유하는 생활을 상상하자 미자는 가슴이 턱 막히는 기분이 들었다. 친한 사람도 붙어 지내면 사이가 멀어지는데, 오늘 처음 만난 이 아이들과 함께 지낸다면 이 주간 어떤 일이 벌어질지 상상하기도 싫었다. 이것은 미자가 일찌감치 체득한 일이기도 했다.

고모와 엄마는 스무 살에 처음 만나 항상 붙어 지냈고, 그때부터 지금까지 하루도 거르지 않고 싸웠다. 두 사람은 동갑내기로, 처음에는 아빠를 통해 친구로 만났으나 가족이 된 후로는 서로 간의 호칭이 복잡해졌기 때문이었다. 사실, 미국식으로 생각하면 머리 아플 일이 하나도 없었다. 엄마는 고모를 데비, 고모는 엄마를 정희라고 부르면 됐다. 그런데 두 사람의 의견은 달랐다.

"이제부터 나한테 새언니라고 불러라."

수시로 엄마는 고모에게 언니 호칭을 요구했다. 그러면 고모는 지지 않고 응수했다.

"내가 왜 널 언니라고 부르냐?"

"족보가 글타, 족보가."

"뭐, 족발?"

"니는 족발밖에 모리나? 이 돼지야."

미자의 생부 마이클 갈비(Michael Garbie)의 여동생이자, 미자의 고모인 그녀의 본명은 데비 갈비(Debbie Garbie)다. '데비 갈비'는 곧잘 '돼지갈비'가 됐다. 발음이 비슷하니 한국인들은 종종 고모를 돼지갈비라고 부르곤 했다. 데비 갈비, 돼지갈비, 누가 들어도 비슷하게 들린다는 사실에 미자도 마음속으로 동의했다. 고모는 자신이 돼지갈비라 불리는 것보다 이정희를 '새언니'라고 부르는 걸 더 싫어했다. 미자 엄마 이정희 역시 고집이 만만치 않아 툭하면 고모에게 "새언니라고 부르라니까"라고 소리쳤다. 고모는 엄마에게 "그럼 넌 나한테 아가씨님이라고 불러. 족발, 아니 족보가 그렇다며?"라며 따졌다. 그들이 싸우는 모습을 볼 때면 너무나도 유치해서 미자는 눈물이 날 지경이었다. 그런데 오늘, 그 싸움의 당사자가 미자 자신이 될 줄은 꿈에도 몰랐다.

"몇 살이야?"

소피가 손가락으로 제 곱슬머리를 배배 꼬며 미자에게 물었다.

"열여섯."

"난 열일곱, 두 달 뒤엔 열여덟이니까 열여덟이나 마찬가지지. 이링은 이미 열여덟이고."

"그래?"

"네가 우리한테 언니라고 불러야 되는 거네."

미자는 헛웃음을 지었다. 미자는 앞에 서 있는 애들을 언니라고 부를 의향이 전혀 없었다. 미자는 미국, 소피는 프랑스, 이링은 대만 출신이다. 한국인도 아닌데 호칭을 따져야 할 이유는 없었다. 미자가 아무런 대꾸도 않자 소피는 단호한 목소리로 말했다.

"여긴 한국이고, 우린 지금 한국말로 얘기하고 있잖아."

"그래서?"

"그게 한국식이잖아."

"쓰고 싶으면 니나 해라."

"어머, 얘 사투리 쓰네."

부산 출신 엄마 덕분에 미자는 사투리를 쓰곤 했다. 소피는 미자의 말투를 듣고는 피식 웃더니 이내 눈에 힘을 주고 물었다.

"그리고 너, 지금 나한테 '니'라고 했어?"

소피랑 미자는 한국어로 대화를 주고받았는데, 미자는 소피에게 줄곧 '니'라고 했다. 이링도 그랬다. 미자는 그것이 문제라고 생각하지 않았다.

"응, '니'라고 했다. 그러는 넌 수리한테 수리 언니, 수리 선생님, 수리 이모, 뭐 그렇게 부르지 않잖아."

"그건 수리가 자기더러 수리라고 부르랬고. 난 지금 너한테 날 언니라고 부르라 하고 있고."

"소피야, 난 싫은데."

"너 지금 나한테 '야'라고 했어?"

"야, 아니고, 소피야, 라고 했다. 니 한국말 모리냐?"

미자는 소피를 똑바로 쳐다보며 말했다. 소피도 지지 않고 미자를 응시했다. 싸늘한 분위기를 감지한 이링이 소피와 팔짱을 끼고는 건물 구경 좀 하자며 밖으로 데리고 나갔다. 미자의 눈에 소피는 이래저래 거슬리는 아이가 되었다.

1
다니엘의 젤리

다니엘의 자기소개서-사실은 매실

저는 신맛을 좋아합니다. 걸음마를 막 시작했을 때부터 눈을 찡그리면서도 오렌지같이 신맛이 나는 과일을 즐겨 먹었다고 들었습니다. 몇 해 전, 시카고에 놀러 갔는데 그곳 한인마트에서 한국 젤리를 봤어요. 이름이 샤샤였습니다. 마트 주인에게 그 제품에 대해 물었더니 엄청나게 신맛이 나는 젤리라고 하더라고요. 반신반의하며 그 젤리를 사서 그 자리에서 먹었죠.

순간, 신맛이 심장으로 향했습니다. 가슴이 눌리는 맛. 어디서 먹어 본 듯한 맛이었습니다. 지난해, 심하게 배앓이를 했을 때 한국 친구가 끓여 준 차에서 나던 맛 같기도 했고요. 혀끝에서 온몸으로 뭔가 다른 피가 흐르는 느낌이랄까요.

그때 누군가가 옆에서 내 손을 꼭 잡았습니다. 옆을 돌아

보았죠. 키가 크고 단정한 단발머리를 한 여성이었습니다. 여자가 나를 향해 팔을 올리자 보랏빛 스카프가 흔들거렸습니다. 조금은 두터운 그 천이 내 가슴 앞에서 흔들거리자 나는 손을 뻗었습니다. 그러자 여자는 더 가까이 다가와 내 볼을 쓰다듬었습니다. 그때까지도 몰랐어요. 젤리를 입에 물고 내가 눈물을 흘렸다는 사실을 말이죠. 여자는 내게 좀 더 가까이 다가와 나지막하게 제게 속삭이며 물었습니다.

"무슨 일 있니?"

무슨 일이 있었다고 말해야 했을까요? 왜 신맛을 좋아하는지 알고 싶다고, 누가 내게 이 맛을 가르쳐 줬는지 정말이지 너무 알고 싶다고, 정말 그렇다고 말해야 했을까요? 나는 이상할 정도로 그 여성에게 강한 이끌림을 느꼈습니다.

어느 날이었습니다. 샤샤가 단종되어 더 이상 판매되지 않는다는 소식을 들었어요. 저에게는 청천벽력 같은 일이었습니다. 이젠 더 이상 그걸 살 수 없다니요. 제게 미리 사 둔 샤샤가 세 봉지 있다는 걸 다행이라 생각하며 만족해할 순 없었습니다.

샤샤의 원료는 플럼(plum)이라고 해요. 사전을 찾아보니 플럼은 자두도 되고 매실도 된다는데 어느 쪽에 가까운 맛인지는 저도 모르겠어요. 자두 같기도 매실 같기도 한, 자두일 수도 매실일 수도 있는 맛을 찾고 싶었습니다.

샤샤. 내 핏속에 흐르고 있을시 모를 그 맛을 찾으려고 해요. 그 맛을 찾는 일은 내 핏줄을 찾는 일과 같을지도 모르니까요.

오리엔테이션에 이어 다음 날 오전부터 본격적인 〈드림캠프〉 일정이 시작되었다. 아이들은 모두 제시간에 회의실로 모였다. 첫 번째로 만나게 될 사람은 다니엘의 드림맨이었다. 드림맨은 아이들이 〈드림캠프〉에서 만나고 싶어 하는 사람을 말한다. 다니엘이 만나고 싶다 말한 이는 젤리 샤샤의 개발자라고 했다. 그러나 공항에서 다니엘이 보인 미심쩍은 태도로 보아 다니엘의 드림맨이 샤샤 개발자가 아닐 수도 있을 거라고 미자는 생각했다. 그러나 〈드림캠프〉 측에서는 샤샤의 개발자를 찾지 못해 대신 한국 유명 제과회사 직원이 다니엘의 드림맨 자격으로 오늘 이곳을 방문한다고 전했다.

미자는 곁눈질로 다니엘을 보았다. 다니엘은 실망했다기보다 잔뜩 들떠 있는 눈치였다. 너무 기뻐한 나머지 입 안에 있지도 않은 시큼한 젤리를 씹는 양 입을 오물거리며 웃어 보였다.

잠시 후, 한 남성이 들어왔다. 금테 안경을 치켜 올리며 들어온 그는 아이들을 향해 친절한 목소리로 "안녕하세요?"라며 인사를 건넸다. 그런 그에게 몇몇은 손을 흔들며 인사했고, 몇몇은 고개를 숙여 인사했다.

"안녕하세요? 저는 현재 한국 제과회사, 별별나라에서 일하고 있습니다."

별별나라. 한국 과자를 즐겨 먹는 사람이라면 모를 수가 없는 회사다. 별별나라의 초코파티는 K 마트의 인기 상품이기도 하다. K 마트에서 초코파티가 늦게 들어오는 날에는 손님들의 원성이 자자해지기도 했다. 그 무리에서 목소리를 높이는 이들 중에는 미자도 있었다.

"여러분, 한국 과자 좋아해요?"

이 질문에 아이들은 모두 네, 라고 답했다. 좋아하는 과자가 뭐냐는 질문에 새우깡, 초코송이, 자갈치, 초코파티, 양파칩, 빼빼로, 김을 외쳤고, 그 말에 이링이 "김은 스낵이 아니라 반찬이야"라고 대꾸했다.

샤샤.

아니나 다를까, 다니엘이 샤샤를 외쳤다.

"안타깝게도 그 젤리는 단종되었죠."

직원은 영어로 말했고 이에 다니엘도 영어로 대답했다.

"별별나라에서 다시 만들면 안 되나요?"

"그 젤리를 처음 만든 사람이 특허권을 갖고 있어서요.

우리 회사에서 당장 생산하기는 어려워요."

"그 사람은 지금 어디에 있는데요?"

이링이 완벽한 한국어로 질문하자 별별나라 직원은 깜짝 놀라며, 이렇게 한국어를 잘하는 학생도 있네요, 라고 감탄했고, 이링은 그 칭찬에 수줍은 듯 웃어 보였다. 직원은 이어서 설명했다.

"지금 당장 찾기 어려운 상황이라서요."

"젤리가 그렇게 인기가 많았다면 그 사람은 돈을 엄청 벌었을 텐데. 어디 갔을까?"

미자와 좀처럼 마음이 맞지 않는 소피는 이 지점에서 미자와 통하는 부분이 있었다. 뭘 생각하든 돈을 먼저 떠올린다는 점이 그랬다. 소피처럼 미자도 돈 생각뿐이었다. 돈 생각을 하자 도둑놈이 절로 떠올랐다.

변길수.

그가 들고 튄 돈은 엄마가 미자의 대학 등록금으로 차곡차곡 모은 돈이었다. 그 돈이 있어야 미자는 그토록 꿈에 그리던 대학에 갈 수 있다. 그런 의미에서 미자에게 〈드림캠프〉는 '드림 스쿨'에 가기 위한 디딤돌인 셈이다. 미자의 드림 스쿨은 연간 학비가 오천만 원을 호가하는 학교로, 전미대학평가에서 1위를 받은 C 대학이었다. 경영학으로 제일 유명한 C 대학을 졸업한 뒤 성공한 사람들이 모인 도시에서 일하는 것이 바로 미자의 드림이었다. 성공한 사람이 모인 곳에선 뭐든 비쌌다. 미자는 떼인 돈을 받아 내야 했다. 그래야 미자가 돈을 벌든 먹든 할 수 있을 것이니 말이다. 사실 〈드림캠프〉 프로젝트 발표회에서 우수 발표자로 선발돼 대학 등록금을 받는 것도 의미가 있겠지만 잃어 버린 제 것을 찾는 일이 우선이 되어야 한다고 미자는 믿었다.

미자는 허리를 꼿꼿이 세우고 앉아 '떼인 돈 받아 내자!' 다시 한번 굳게 다짐하며 〈드림캠프〉에 참가한 목적을 되뇌었다.

"다니엘이 궁금해하는 샤샤에 대해 이야기해 볼까요? 제가 개발한 제품은 아니지만 북미권에서 인기 상품이었다길래 저희 회사 측에서도 그 젤리를 구해 연구를 한 적이 있거든요."

다니엘은 다부진 어깨를 한 번 쭉 펴고는 직원의 말을 경청하기 시작했다. 직원은 다니엘에게 눈길을 주며 질문했다.

"엄마 손이 약손이라는 말을 들어 본 적이 있나요?"

미자와 이링이 손을 번쩍 들었다. 배앓이를 할 때면 엄마는 손으로 미자의 배를 쓰다듬으며 노래를 부르듯, 미자 배는 똥배, 엄마 손은 약손, 이라고 했다. 미자 배는 똥

배가 아니었지만 엄마 손은 분명 약손이 맞았다. 엄마의 온기가 담긴 손으로 아픈 배를 쓰윽 문질러 주면 미자의 앓던 배가 조금씩 나아졌기 때문이다.

"엄마 손이 약손인 거랑 젤리랑 무슨 상관이죠?"

소피의 질문에 별별나라 직원이 말했다. 샤샤의 원료는 매실인데, 매실은 소화가 안 될 때 속을 편하게 해 주는 성분이 있다고 했다. 시큼하고 달달한 데다가 건강에도 효과가 좋으니 한국인들이 자주 찾는다고 했다.

"인기가 많은데 왜 단종된 건가요?"

다니엘의 질문에 직원은, 개발자의 개인적인 사정이 있다고 들었다고만 하며 말을 돌렸다.

"샤샤처럼 인기가 있었지만 단종된 한국 과자에 대해 알아볼까요?"

별별나라 직원은 단종된 한국 제과류 몇 가지를 더 이야기해 주었다. 손바닥만 한 상자에서 한쪽은 딸기맛, 다른 한쪽은 포도맛이 나오는 작은 사탕 짝꿍, 딸기맛 과자 체스터쿵, 그리고 크런치가 들어 있는 초코 스틱이 화면에 나오자 아이들은 와, 맛있겠다, 라며 반응을 보였다. 소피는 바게트 모양의 와클이 소개되었을 때에 저런 바게트 과자가 인기가 없었을 리가 없다, 한국에서 죽은 바게트를 살려 내야 한다며 흥분하기까지 했다. 별별나라 직원은 이 제품들을 재출시하는 방안에 대해 회사 측에서 고심 중이라며 아이들의 의견도 들어 보겠다고 과자 몇 가지를 시식용으로 나눠 주었다. 아이들은 너 나 할 것 없이 양손에 이것저것 들고 먹어 대기 시작했다.

"여러분, 단종된 과자에 대한 여러분의 의견을 묻는 설문 링크를 여러분 이메일로 보냈습니다. 꼭 작성해 주세요. 그리고 다니엘?"

직원이 이름을 부르자 다니엘은 눈을 동그랗게 뜨고 네, 라고 답했다.

"잠깐 나랑 얘기 좀 할까요?"

다니엘은 자리에서 일어섰다. 직원과 다니엘은 회의실 문 밖에 서서 이야기를 나누었다. 미자는 그들의 움직임을 눈으로 좇았다. 두 사람은 사뭇 진지한 표정이었고, 직원은 다니엘에게 명함을 하나 건네주었다. 다니엘은 그에게 고개를 숙이며 뭔가를 말했는데 고맙다는 말 같기도 했고, 뭔가를 묻는 말 같기도 했다.

두 사람은 다시 회의실로 들어왔다. 직원은 아이들에게 작별 인사를 하며 아이들이 2주간 캠프에서 먹고도 남을 과자를 다섯 상자나 주고 갔다. 아이들은 그 상자를 하나씩 열어 보며 함성을 질렀다. 자리로 돌아온 다니엘은 말없이 한 손에는 직원에게서 받은 명함을, 다른 한 손으로는 자기가 들고온 샤샤 봉지를 만지작거릴 뿐이었다. 어색한 침묵을 뚫고 소피가 다니엘에게로 다가가 말을 걸었다.

"한번 먹어 봐도 되지?"

다니엘은 그럼, 물론이지, 라고 하며 소피에게 샤샤를 건넸다. 소피는 이게 이름값을 하는지 보겠다며 봉투를 받자마자 뜯어 하나를 입에 넣고 오물거렸다.

"와, 시."

"너 욕했지?"

이링은 휴대폰을 들어 소피가 처음 보는 젤리를 먹고 인상 쓰는 모습을 찍다가 소피에게 물었다.

"아, 뭐래요? 시다, 시다고 했어."

소피는 변명하듯 말하고는 고개를 갸웃거렸다.

"맛이 신기해."

"그게 무슨 말이야? 시다는 거야 아니라는 거야?"

소피의 복잡한 설명을 듣고 미자도 샤샤를 하나 입에 물었다. 눈을 질끈 감게 하는 신맛은 어느 열대지방에서 나는 과일의 맛이었다.

"신기하긴 무슨, 그냥 시네, 막 셔."

미자의 표정을 보고는 이링도 샤샤를 입에 넣었다. 이링은 다른 아이들과 달리 무표정했다.

"매실 맞네. 다니엘, 너 더위 먹었어?"

맛을 천천히 음미하던 이링이 알은체를 했다. 다니엘은 이링의 말을 잘 이해하지 못하는 듯했다. 대신 미자가 이링에게 더위 먹은 거랑 매실이 무슨 관계냐고 물었다.

"우리 엄마는 더울 때 매실을 먹었거든."

이링의 설명을 듣고 미자가 다니엘에게 영어로 말해 주자 다니엘은 어, 그래, 라고 얼버무리다가 잠시 후 조심스럽게 입을 떼었다.

"매실에서 엄마 냄새가 나는 거 같아."

"네 엄마가 매실 매일 먹나 보네."

소피가 대수롭지 않은 듯 말하고는 손에 쥔 젤리를 미자에게 건넸다.

"언니가 주는 거니까 받아."

미자는 언니, 라는 말에 심기가 불편해졌지만 못 이기는 척하고 소피가 준 젤리를 받아 하나 더 먹었다. 미자는 "콩 한 쪽도 나눠 먹는다"는 한국 속담을 떠올렸다. 엄마가 고모의 간식을 빼앗아 먹을 때나 무지개 떡집 사장님이 새로 뽑은 뜨끈뜨끈한 가래떡을 건네줄 때 쓰는 말이었다.

〈드림캠프〉 아이들 사이에서는 의도가 정확하게 전달되지 않는 말들이 오갔지만, 아이들은 말린 매실, 샤샤를

나눠 먹으며 서로에게 조금씩 다가갔고, 그렇게 콩알만
큼 가까워진 그들은 또 다른 하루를 맞이했다.

2
이링의 짜장맨

이링의 자기소개서-냉면과 짜장면

안녕하십니까? 저는 반이링입니다. 저는 영어보다 한국어를 더 잘 쓸 수 있으니 한국어로 에세이를 작성하겠습니다.

저는 대만 사람이고요, 엄마는 화교 출신으로 한국에서 태어나 자랐습니다. 엄마를 키운 건 짜장면이고 저를 키운 건 냉면이었습니다. 엄마가 어렸을 때, 바쁜 외조부님을 대신해 중국집 부부가 저희 엄마를 돌봐 주셨다고 해요. 그분들의 도움으로 성장기를 무사히 잘 보냈다고 들었습니다. 한국에서 고등학교를 졸업한 지 얼마 안 돼 엄마는 임신한 채로 대만으로 돌아와 혼자 저를 낳았습니다. 당시 우리 모녀를 돌봐 주신 분은 대만에서 냉면집을 운영하는 한국 아주머니였습니다.

홀로 사는 어린 산모였던 엄마는 돈이 없었지요. 근처에서 식당을 하던 한국 아주머니는 냉면을 엄마에게 먹이며 이렇게 말했대요.

"까다로운 대만 사람들 입맛 맞추기 더럽게 어렵네. 새댁이 안 팔리는 음식 좀 먹어 줘야겠어."

사실 냉면은 대만 사람들이 싫어하는 한국 음식이에요. 더운 나라니까 시원한 냉면이 잘 팔릴 거라는 아주머니의 생각은 완전히 틀렸지요. 대만 사람들은 아무리 더워도 따뜻한 국물을 마시고, 물을 절대 냉장고에 보관하지 않거든요. 그런 대만인들에게 냉면을 팔다니요. 다행히 우리 모녀는 장사가 잘 안되는 한식당 주인과 이웃이 돼서 꽤 오랫동안 안 팔리는 음식을 먹으며 살았습니다.

제가 서너 살 때였을 거예요. 엄마한테 들은 이야기인데요, 그날도 아주머니가 불러 엄마와 제가 물냉면을 먹고 있었는데요, 카메라를 든 한국인들이 단체로 그 식당에 들어왔대요. 그들은 한국 촬영팀이었고요. 제가 커다란 냉면 대접을 양손에 들고 국물을 마시는 모습을 본 한 남자가 사진을 찍었고, 그것을 시작으로 저는 아역배우로 활동하게 되었습니다. 이후 그 한국 분들의 도움으로 엄마도 통역 일자리를 얻었고요.

저는 냉면을 먹다가 한국 드라마에 캐스팅이 됐고, 연예계 활동을 시작하며 꿈을 키웠습니다. 그것은 바로 제가 직접 쓴 드라마를 제작하는 꿈입니다. 제가 만든 드라마를 전 세계 사람들이 울며 웃으며 보는 날을 상상해 봅니다. 드림캠프는 저에게 그 꿈으로 가는 첫 단계가 될 것이라 믿고요. 물론 제가 큰 꿈을 꿀 수 있게 해 준 분은 바로 엄마예요.

엄마가 어릴 때 가족처럼 지낸 분들을 만나게 해 드리고 싶어요. 나에게는 꿈을 키워 준 냉면이 있는데, 엄마에게는 그토록 그리워하던 짜장면이 없으니까요. 그리고 엄마는 삼 년 전부터 청력을 잃어 가고 있어요. 엄마가 완전히 듣지 못하게 되면 엄마가 그토록 그리워하는 분들과 이야기를 나눌 수 없게 될까 걱정입니다. 그 전에 그분들을 꼭 만나고 싶습니다.

수요일이 되었다. 〈드림캠프〉 일정도 3일 차에 접어들었다. 아침 식사 후 아이들은 회의실로 모였다. 오늘은 아침 한국어 학습 시간을 포함해 오후까지 긴 시간 야외 탐방이 잡힌 날이었다. 도대체 누구를 만나길래 이렇게 긴 시간을 할애하나, 라는 생각이 잠시 들었고 사람을 만나는 데 들이는 시간보다 개인 시간이 좀 더 보장되었으면 좋겠다는 뒤늦은 기대를 품었다. 그사이, 수리가 들어왔다. 수리는 굽이 높은 구두에 긴 리본이 달린 하늘색 블라

우스와 흰 치마 차림이었다.

"오늘은 두 번째 드림 프로젝트를 수행하는 날입니다."

아이들은 쑥덕거리기 시작했다. "누구야? 누구?" 다들 한껏 들떠 있었다. 아이들 중 누가 먼저 만나고 싶어 하는 이를 만나게 될지 다들 긴장된 눈빛으로 수리만을 바라보고 있었다.

"두구두구두구."

다니엘이 손바닥 끝으로 책상을 치며 입으로 소리를 내었다. 아이들도 함께 손바닥으로 책상을 내리치며 다 함께 두구두구두구, 라고 외쳤다. 소리가 점점 커지자 수리가 손을 들고는 아카데미 여우주연상이라도 발표하듯 큰 소리로 천천히 외쳤다.

"반이링."

자신의 이름이 호명되는 순간, 이링은 자리에서 벌떡 일어나 한 손으로 입을 가리며 금세라도 눈물을 쏟을 것처럼 가슴 벅찬 표정을 지었다. 다니엘과 소피가 다가가 이링을 안아 주었다. 미자는 팔짱을 낀 채 그들을 바라보았다. 아무것도 시작하지 않았는데 이미 축제 분위기였다.

"밖에 차량이 준비되어 있습니다. 가죠."

수리는 아이들을 인솔해 건물 밖으로 나갔다. 차량은

9인승 밴이었다. 수리는 운전자 옆 좌석에 앉았다. 운전자는 준호였다. 아이들은 뒷좌석에 나눠 앉았다. 좌석은 넉넉했다. 차창 너머 보이는 서울 거리는 밝고 바빠 보였다. 얼마쯤 달렸을까, 굵은 빗줄기가 차를 향해 쏟아져 내렸다.

"소나기네."

준호는 중얼거리듯 말했다. 시야를 가릴 정도로 빗줄기가 쉴 새 없이 차창에 쏟아져서 준호는 차창 앞 유리에 이마를 바짝 대고 천천히 차를 몰았다. 잠시 후, 목적지에 도착한 듯했으나 준호는 뭔가 난감하다는 듯 차량을 앞뒤로 움직였다. 골목이 비좁아 몸집이 큰 차량이 진입하기 어려운 상황이었다. 하는 수 없이 준호는 골목 어귀에 차를 세웠다.

"여기서 다 내리자."

수리의 말에 아이들은 하나씩 차에서 내렸다. 아이들이 내린 곳은 좁은 언덕길 아래였다. 수리는 손차양을 만들어 언덕 위를 올려다보고는 이어서 발밑을 내려다보았다. 아무래도 하이힐을 신은 게 걸렸을 것이다.

"엉덩이 조심해."

뒤에서 외치는 소피의 말에 미자는 화들짝 놀라 한 손을 엉덩이로 갖다 댔다.

"야, 왜 그렇게 큰 소리로 밀해?"

미자에게 소피의 태도나 말은 언제나 이해불가다. 상대의 민망한 부위에 문제가 있다면 슬며시 다가와 조용히 말해야 하는 게 상식이라는 걸 소피는 모르는 모양이었다. 그런데 소피는 오히려 미자를 향해 무슨 소리를 하는지 모르겠다는 표정을 짓고는 자기 발 아래를 가리켰다.

"저기 엉덩이 있잖아, 엉덩이."

소피가 가리키는 건 엉덩이가 아니라 웅덩이였다. 소나기 때문에 길가 곳곳에 물웅덩이가 있었다. 웅덩이를 보던 미자는 놀란 엉덩이를 쓸어내리면서 소피에게 "이건 웅덩이라고, '웅'덩이"라고 말하며 '웅'자에 강세를 주었다. 소피는 어깨를 으쓱하고는 엉덩이를 씰룩이며 웅덩이를 피해 갔다. 미자는 자신에게 괜한 수치심을 안긴 소피가 못마땅해 그녀를 째려보며 언덕을 올랐다. 조금 더 오르다가 수리는 아이들을 향해 말했다.

"저기 언덕 끝에 있는 집이야."

아이들은 수리가 가리키는 곳을 보았다. 아무것도 보이지 않았지만 무언가가 있을 것이란 기대에 아이들은 언덕을 올랐다. 소피가 제일 먼저 넓은 보폭으로 성큼성큼 걸어갔다. 그 뒤로 이링이 따랐다. 미자는 숨이 찼다. 미자가 이틀간의 한국 생활에서 알게 된 사실은 한국에는 언덕이 많다는 점이다. 가쁜 숨을 뱉어 내다가 뒤를 돌아보았다. 수리가 보였다. 수리도 힘겨워 보였다. 예상하지 못한 산행에 고전을 면치 못하는 모양이었다.

"괜.찮.아.요?"

어색하게 뚝뚝 끊어 말하며 다니엘은 수리에게 제 팔뚝을 내주었다. 수리는 걸음을 멈추고 다니엘을 보고만 있었다. 다니엘은 한쪽 손을 들어 수리의 손을 잡고는 자기 팔뚝에 올려 놓았다.

"이렇게가 더 편해요."

수리는 다니엘의 말에 대꾸도 하지 않은 채 그를 멀뚱히 바라보았다. 다니엘의 팔을 뿌리치지도 않았다. 다니엘이 먼저 천천히 걷기 시작했다. 수리도 다니엘을 따랐다. 엉덩이를 뒤로 빼고 걷는 수리의 발걸음은 여전히 불편해 보였다. 다니엘은 걸음 속도를 수리에게 맞췄다. 미자는 서로의 손을 부여잡고 천천히 언덕을 오르는 두 사람의 뒷모습을 한동안 바라보았다. 다니엘은 한시도 수리에게서 눈을 떼지 않았다. 미자는 다니엘에게서 눈을 떼지 못했다. 다니엘의 눈빛은 낯설어 보였다. 순간, 그들을 가로질러 검은 고양이가 재빨리 지나갔다. 그들은 놀라지 않았고 가던 길을 계속 갔다.

"여기야!"

소피의 외침에 아이들은 잠시 멈칫하다가 조금씩 속도를 내어 걸었다.

신가 수타

드디어 목적지에 다다랐다. 아이들은 누가 먼저랄 것도 없이 걸음이 빨라졌다. 누군가의 소원이 이루어지는 현장을 함께한다는 사실에 조금은 설레기도 했다. 여닫이문을 열고 식당에 들어섰다. 테이블이 예닐곱 개밖에 안 되는 작은 식당이었다.

"어서 오세요."

사장님 부부가 아이들을 반갑게 맞이했다. 그들은 남매처럼 보이는 부부로, 서로 닮아 있었고 푸근한 인상이었다. 미자는 식당 안을 둘러보았다. 특별할 것이 없는 작고 깨끗한 가게였는데 계산대 뒤쪽 벽면에 걸린 액자가 눈에 띄었다. 모 일간지에 난 사장님의 인터뷰 기사였다. 좀 더 가까이 다가가 신문기사의 글머리를 읽어 보았다.

역사 속 사라질 위기, 벌떡 선 원조 짜장맨.

기사 내용을 더 보려는데 뒤에서 억센 부산 사투리가 들렸다.

"니가 으신이 딸이가?"

이 말에 이링은 사모님 품에 달려가 안겼다. 미자는 이링의 어머니 성함이 의신인지 이신인지 정말 으신인지 헷갈렸다. 미자 엄마가 "으자 갖고 온나"라고 하면 미자는 엄마한테 "엄마, 의자, 해 봐, 의, 자"라고 했던 상황이 생각나 피식, 웃음이 났다.

"엄마가 너무 보고 싶어 했어요. 짜장면도 얼마나 먹고 싶어 했는지 몰라요."

이링은 수리에게 물었다. 엄마와 통화를 해도 되느냐고. 수리가 흔쾌히 허락했다. 이링은 제 엄마와 영상통화를 시도했다. 휴대폰 화면에 이링의 엄마가 등장했다. 그녀는 이링보다 사장님을 먼저 불렀다. "아저씨, 엉엉, 보고, 싶었, 엉엉, 아아, 내가 거기." 네트워크 연결이 약해서인지, 감정에 북받친 이링의 엄마가 말을 잘 못 알아듣는 것인지 서로의 말들이 뚝뚝 끊겼다. 그들은 울며불며 큰소리로 그동안의 회포를 나누었다.

통화를 마친 사장님은 잠시 후 짜장면을 내왔다. 아이들은 한소리로 "잘 먹겠습니다"라고 외친 뒤 짜장면을 흡입하듯 먹기 시작했다. 아이들의 눈에는 오직 짜장면밖에 보이지 않았다.

미자도 짜장면을 먹으려 젓가락을 들었는데 엄마 생각이 났다. 미자 엄마도 짜장면을 무척이나 좋아했다. 엄마는 자기 생일마다 직접 짜장면을 만들었는데, 양파를 잔뜩 썰어 볶을 때면 훌쩍이며 이렇게 말했다.

"이미자, 억수로 통 컸나."

여기서의 이미자는 이정희의 엄마, 즉 미자 외할머니이다. 미자의 이름 '이미자'는 할머니의 이름과 같다. 즉, 이미자 원의 딸 이정희는 마이클 병사와의 사이에서 이미자 투를 낳았다. 이미자 원은 제 딸의 입학식이나 졸업식, 그리고 이정희가 대학에 합격한 날에 자갈치 시장 상인들에게 짜장면을 한 그릇씩 돌렸다고 했다. 그들 모녀에게 짜장면은 인생의 크고 작은 변화의 길목에서 의식처럼 먹어야 했던 음식이었다. 미자도 짜장면을 한입 먹었다. 짭짤하고 고소한 풍미가 입안 가득 퍼질 무렵, 발등에 무언가가 느껴졌다. 나무젓가락을 쥔 채 고개를 탁자 밑으로 내리니 검은 새끼 고양이가 미자의 발등 위에 슬며시 올라타 있었다. 미자는 화들짝 놀라 몸을 움직이다 젓가락으로 그릇을 쳐 짜장면 그릇을 엎어 버렸다. 짜장면은 죄다 미자의 허벅지 위로 쏟아졌다. 그 위에 슬며시 오른 검은 고양이를 본 사모님이 소리쳤다.

"이 뭐꼬?"

이것은 오래전 미자의 이름이었다. 대학 재학 중 캠퍼스의 낭만을 만끽해야 할 어느 날, 미자 엄마 이정희는 부산의 작은 산부인과에서 미자를 낳았다. 우렁찬 울음소리를 내며 세상에 나온 아이가 검은 새끼 고양이 같아 보여 사람들은 한목소리로 미자를 이렇게 불렀다.

"이 뭐꼬?"

미자 엄마는 이 이야기를 해 줄 때마다 울면서 웃었다. "니는 '이 뭐꼬'다." 그 말에 미자는 "그만 좀 해"라며 짜증을 냈다. 지금 이 순간, 한국에 돌아와 말로만 듣던 오래전 미자의 이름을 직접 듣게 된 것이었다. 미자는 허벅지에 엎어진 짜장면을 보고 속엣말을 했다. '한국에서는 다들 나를 보면 이 뭐꼬, 라고 하는군. 난 초대받지 못한 손님인 걸까? 아니다, 사장님은 절대 나를 향해 한 말이 아니었을 것이다. 절대로, 절대로.'

"우야꼬?"

사모님은 옷이 더러워져서 어떡하냐는 의미로, 또 누군가의 이름 같은 '우야꼬'를 반복했다. 옷이 더러워져서 혹은 짜장면을 엎어서 미자가 시무룩해졌다고 생각했는지 행주로 미자 옷을 닦아 주며 괜찮다고, 짜장면은 간짜장으로 다시 금방 내주겠다고 했지만 미자에게는 전혀 위로가 되지 않았다. 미자는 자리에서 슬며시 일어났다. 밖으로 나가 가게 앞에 쪼그려 앉았다. 이 뭐꼬, 가 귓전에 울렸다. 고개를 숙였는데 옷에서 짜장면 냄새가 났다. 갈비 냄새만 배어 있던 옷에서 짜장면 냄새가 나니 집을 떠나 있다는 사실이 실감났다. 미자는 갑자기 갈비 냄새가 그리워졌다.

"이거."

곁눈질로 목소리가 나는 쪽을 돌아보았다. 다니엘이었다. 다니엘은 두툼한 종이판을 미자에게 내밀어 보였다. 신가 수타의 메뉴판이었다. 미자는 그것을 받아 들고 물끄러미 바라보다가 짜장면, 짬뽕, 탕수육, 볶음밥, 울면 등의 글자가 적혀 있는 메뉴판을 깔고 앉았다.

"고양이가 싫어서 그런 거, 아니지?"

다니엘의 질문에 미자는 고개를 끄덕이며, 오래전의 제 이름 이 뭐꼬에 대해 이야기해 주었다. 부산 출신 엄마는 아직도 사투리를 쓰고 있고, 외할머니가 미자를 처음 보고는 화들짝 놀라 썼던 말이기도 한 '이 뭐꼬'로 자신을 부른다고도 했다.

"나도 부산 출신이야."

미자는 다니엘의 말을 이해하지 못해 멍하니 그를 쳐다보았다. 다니엘은 미자의 시선에 개의치 않고 이 뭐꼬, 를 반복적으로 불렀다. 노래처럼, 메아리처럼 다니엘의 입에서 이 뭐꼬가 울려 나왔다. 그러고는 뭔가 생각났다는 듯이 눈이 동그래져 말했다.

"아, 맞다. 우리 집 고양이가 다음 달에 새끼를 낳는데, 그중에서 제일 예쁜 새끼를 뭐꼬, 라고 불러야겠다. 그런데 뭐꼬가 나을까, 이 뭐꼬가 나을까?"

다니엘은 팔꿈치로 미자를 툭, 치며 웃어 보였다. 새끼 고양이 이야기에 미자도 조금은 웃었다. 다니엘은 더 환하게 웃어 주었다. 미자는 웃음에 보답을 해야 할 것만 같았다. 다니엘이 웃어 주면, 미자는 다니엘의 보조개에 손가락을 얹어야 할 것 같은 기분이 들었다.

"이 뭐꼬."

뭐꼬든 이 뭐꼬든 다 별로였지만 미자는 자신을 웃게 하려는 다니엘의 노력이 가상해 뭐라도 하나 골라 줘야 할 것 같았다. 모든 생명에는 성(姓)씨가 필요하다는 생각에 이 뭐꼬라고 했는데 말하고 보니 미자 자신의 입으로 이 이름을 부를 날이 있을 거라고는 상상도 못했다.

"이 뭐꼬, 이 뭐꼬, 어감이 좋은데? 입에 착착 달라붙어."

미자도 팔꿈치로 다니엘의 팔을 살짝 밀쳤다. 다니엘에게는 분명 우스꽝스러운 말도, 아픈 말도, 듣고 싶지 않았던 말도 사랑스럽게 탈바꿈해 주는 재주가 있었다. 그 재주가 미자를 수시로 헷갈리게 했고, 그로 인해 미자는 종종 다니엘에게 설렌다는 점을 부인하기 어려웠다.

"내 이름은 광복이야, 김광복."

미자는 땅바닥에 떨어뜨린 휴지를 줍다 말고 멈췄다.

다니엘은 또 한 번 말했다. 한국 이름은 광복이라고, 8월 15일에 태어나서 광복이라고 불렸다고. 그날은 한국이 일본으로부터 독립한 날이고, 몇십 년 후 같은 날 태어난 자기는 그렇게 광복이가 되었다고 했다. 다니엘은 마치 역사 선생님처럼 자기 이름 이야기를 해 주었다.

"입양됐어."

다니엘은 태어난 지 얼마 되지 않아 부산의 한 입양기관 앞에 버려졌다고 했다. 아기 광복이를 싸고 있는 보라색 강보 안의 쪽지에는 이름도 없이 생년월일만 적혀 있었고, 강보 한쪽 모서리에는 '815'라는 숫자가 박음질 되어 있었다고 한다. 광복이란 이름은 자기 생일인 8월 15일에서, 김 씨는 입양기관 설립자의 성을 따랐다고 했다. 이후 첫돌이 지난 뒤 지금의 부모님께 입양이 되었다고 덧붙였다. 세상에 나온 자신을 보고 누군가도 "이 뭐꼬"를 외쳤을지도 모를 거라고도 했다. 이 뭐꼬와 김광복, 이들은 자기 부모가 짓지 않은 이름에 대해 생각해 보았다.

"그날, 공항에서는 미안했어."

공항 이야기에 미자는 코를 풀다 말고 다니엘을 보았다.

"너무 놀라서 차마 말이 안 나왔거든."

"놀랐다니? 뭐가?"

"미자 네가 마치 내 얘기를 하는 것 같아서."

미자는 놀란 눈으로 그를 정면으로 응시했다. 그는 샤
샤 봉지를 만지작거리며 어렵게 입을 떼었다.

"나도 도망간 엄마의 옛 애인을 잡고 싶었거든. 그 사람
이 생부일 테니까. 물론 생모를 먼저 찾아야겠지만."

"그럼 그 사람을 만나겠다고 〈드림캠프〉 에세이에 적었
어야지."

질책 같은 미자의 말에 다니엘이 목소리를 높여 말
했다.

"야, 그럼 〈드림캠프〉에서 픽도 날 뽑아 주겠다. 너도
그래서 안 쓴 거잖아."

미자는 말해 놓고 괜히 민망해진 나머지 소리 내어 웃
다가 다니엘과 조금은 어색하게 눈을 마주쳤다.

"다니엘."

미자의 부름에 다니엘은 대답이 없었다. 미자도 다니
엘, 그 이름을 불러 보고 싶었다. 공항에서 그 많은 사람
들 사이에 둘러싸여, 쉴 새 없이 이름이 불리는 아이는 참
행복해 보였다고, 마치 모든 이들에게서 듬뿍 사랑받는
존재로 보였다고, 나도 그 무리에 껴서 그 이름을 불러 보
고 싶었다고, 네가 너무 부러웠다고, 다니엘에게 뒤늦은
얘기를 해 주었다. 다니엘은 환하게 미소 짓고는 손을 들

어 미자의 정수리를 쓰다듬었고, 미자는 그 이름을 다시
한번 불러 보았다. 다니엘, 다니엘. 그렇게 다니엘은 계속
불러 보고 싶은 이름이 되었다. 다니엘은 미자를 "미, 자",
한 자 한 자 또박또박 불러 주었다. 미자는 미소를 지어
보이며 그동안 감추어 두었던 질문을 했다.

"만나고 싶었던 사람, 따로 있었지?"

다니엘은 고개를 끄덕였다. 그러고는 뭔가에 홀린 듯
자기 이야기를 풀어 나갔다.

"사실, 있어. 내가 진짜로 만나고 싶은 사람, 그리고 지
금 찾고 있는 사람."

자기가 꼭 만나고 싶은 사람에게 자기 힘으로, 자기만
의 속도로, 동시에 상대가 불편해하지 않도록, 준비가 되
었을 때 천천히 다가가고 싶다고 했다. 캠프가 진행되는
동안 해낼 수 있다고 스스로에게 주문을 걸고 있었다. 그
사람이 도대체 누구냐고 미자는 묻고 싶었지만 묻지 않
았다. 알고 싶은 답을 성급하게 캐묻지 않는 것이야말로
성장한 사람들만이 보일 수 있는 미덕이라 믿었기 때문
이었다.

다니엘은 뭔가 말하려는 듯 머뭇거리더니 양 입꼬리를
살짝 올리며 웃어 보였다. 금세라도 뺨이 촉촉해질 것 같
은 쓸쓸한 미소 위로, 빗물에 젖은 벚꽃향이 풍겨 왔다.

젖은 벚꽃잎 같은 다니엘의 보조개를 어루만져 주고 싶
었다. 미자는 마음속이 복잡해졌다. 무엇보다도 다니엘
에게 끌려 버린 이 마음을 어떻게 해야 할지 몰랐다. 다니
엘은 미자의 복잡한 기분을 아는지 모르는지 갑작스러운
제안을 했다.

"도와줄게."

다니엘은 갑자기 경쾌해진 말투로 말했다. 미자는 놀란
눈으로 그를 바라보았다.

"엄마 옛 애인 찾는 거, 도와준다고."

"어떻게?"

"〈드림캠프〉에서 잘리지 않을 정도로 살짝 위험하게?"

다니엘은 미자의 머리를 또 한 번 쓰다듬고는 제법 어
른스럽게 말했다. 미자는 아이처럼 환하게 웃었을 것이다.
그때 식당 문이 활짝 열리며 소피가 큰 소리로 외쳤다.

"미자, 다 울었으면 얼른 들어와. 사장님이 짜장면 새로
내오셨어."

소피의 말에 미자는 "누가 울었다고 그래?"라며 변명
같은 말을 늘어놓았고, 소피는 "아, 뭐래요?"라고 퉁을 주
었고, 다니엘은 미자의 한쪽 어깨를 슬며시 감싸안았다.

"잘 먹겠습니다."

아이들은 다시 식사를 시작했다. 먹고 또 먹는 식사가

계속됐다. 짜장면을 성신없이 먹고 있던 미자가 고개를 들었는데 다니엘이 보이지 않았다. 주위를 두리번거렸다. 다니엘은 구석에서 물티슈로 무언가를 닦고 있었다. 미자는 젓가락을 내려놓고 일어섰다. 다니엘이 들고 있는 넓적한 물체는 아까 미자가 깔고 앉았던 메뉴판이었다. 미자는 거기에 자기 엉덩이 자국이라도 찍힌 것처럼 화끈거리는 얼굴을 하며 외쳤다.

"이리 줘."

"다 했어. 야, 네가 진짜로 이걸 깔고 앉을 줄은 몰랐는데."

다니엘이 눈웃음을 지으며 말했다. 미자는 "네가 깔고 앉으라고 했잖아"라고 하며 멋쩍게 웃어 보였다.

"이제 슬슬 가 볼까?"

식사를 마치자 수리는 아이들에게 이제 숙소로 돌아가야 한다고, 준호도 골목 아래서 아이들을 기다린다고 했다. 그 말에 이링이 놀란 눈으로 수리에게 물었다.

"아, 맞다. 준호 오빠가 없네. 근데 준호 오빠는 왜 우리랑 같이 짜장면 안 먹었는데요?"

"혹시라도 다른 손님이 왔을 때 자리가 없을까 봐 자기는 안 가겠다고 하더라고."

"그래도 억지로라도 데려왔어야죠. 엄마 전화 받느라

준호 오빠를 못 챙겼네요."

　이링이 안타까워하는 말투로 준호를 연신 찾자 사장님은 준호 몫으로 탕수육과 군만두, 짬뽕 국물 등을 한 아름 챙겨 주셨다. 이링은 양손에 음식을 들고 세상을 다 가진 얼굴로 사장님에게 말했다.

"사장님, 감사합니다! 우리 다음에 또 올게요."

　이링을 제외한 아이들과 수리는 사장님 부부에게 인사를 건네며 식당을 나섰다. 문을 열자 가파른 언덕길이 아이들을 기다리고 있었다. 짜장면을 잔뜩 먹고 흥이 오른 소피는 내리막길에 몸을 맡기며 속도를 내 먼저 내려가서는 아이들이 내려오는 모습을 영상에 담기 시작했다. 지칠 줄 모르는 에너지를 뿜는 소피는 영상을 찍으면서 춤을 췄다. 이링은 아직도 중국집 사장님 부부와 작별 인사를 마치지 못했다. 멀지 않은 거리에서 수리가 휘청거리고 있었다.

"난 괜찮으니까 먼저 내려가."

　수리는 바닥만 응시한 채 조심스럽게 발을 디뎠다.

"정말 괜찮겠어요?"

　미자의 질문에 수리는 건성으로 "괜찮아, 먼저 가"라는 말만 반복했다. 미자는 다니엘에게 눈짓으로 먼저 내려가자는 신호를 보냈다. 아이들은 발을 디딜 때마다 붙는 가

속도에 몸을 맡긴 채 내리긋다. 어느새 아이들은 내리막
길을 함께 발맞춰 가고 있었다.

언덕길을 내려가는 동안 다니엘은 수리에게서 눈을 떼
지 못했다. 다니엘은 수리에게 등을 보이며 걷다가도 몇
걸음 가다가 뒤돌아보았다. 수리에게 말을 걸려고 입을
달싹이는 것도 같았다. 미자는 수리를 보며 걷는 다니엘
을 보았다. 그들이 걷는 언덕이 좀 더 길고 가파르다고 미
자는 생각했다.

*

숙소로 들어온 여자아이들은 지친 몸으로 침대에 쓰러
져 누웠다. 오늘은 좀 일찍 자자고 서로에게 말했다. 그때
소피가 뭔가 생각났다는 듯이 침대에서 벌떡 일어났다.

"좀 이상하지 않아?"

"뭐가?"

미자는 습관처럼 침대에서 손으로 휴대폰을 더듬어 찾
으며 물었다.

"다니엘하고 수리 말야."

"둘이 왜?"

이링이 여행 가방을 정리하다 말고 물었다.

"다니엘이 수리를 엄청 좋아하는 거 같지 않아? 수리만 졸졸 따라다니더라고."

"그러고 보니, 맞네."

이링이 옆에서 맞장구를 쳤다.

"분명하다니까, 다니엘이 수리를 엄청 좋아한다고. 하긴 수리가 매력이 없진 않지."

"야, 뭔 소리야?"

미자는 침대에서 벌떡 일어나 큰 소리로 말했다. 소피의 말이 틀리지는 않았으나, 인정하고 싶지 않았다.

"넌 또 뭘 그렇게 흥분하냐?"

소피가 콕 짚어 말하자 미자는 "아니, 그러니까 내 말은 다니엘이 착해서 그렇다고"라며 얼버무렸다.

"착하긴 한데, 다니엘은 착한 거랑 뭔가 좀 달라."

"다니엘은 누구한테나 다 잘해 주더라. 그런 남자는 별로야. 나한테만 잘해 줘야지. 이 사람, 저 사람한테 다 잘해 주면 뭐해?"

미자는 그런 다니엘을 '스윗 가이'라고 두둔했고, 이링은 바람둥이라고 했다. 이링은 다니엘 같은 남자는 자기 스타일이 아니라며, 그에게는 끼 부리는 남자의 기질이 다분히 보인다고도 했다.

"다니엘보단 준호 오빠가 훨씬 낫지."

미자는 이링의 말에 동의하지 않았지만 삼자고 있었나. 이링의 눈에는 준호가 다니엘보다 훨씬 성격이 시원스럽고, 어른스럽고 게다가 더 잘생겼다고 했다. 아니나 다를까, 이링은 오늘 짜장면 집 사장님을 만나 정신없는 와중에도 준호를 졸졸 따라다니며 사진을 백만 번도 넘게 찍었다. 이링은 자기 휴대폰에 담긴 준호의 모습을 감상하는 데에 여념이 없었다.

"맞다, 그거."

소피가 목소리를 높이자 비스듬히 누워 있던 이링은 자리에서 벌떡 일어났고, 미자도 소피 쪽으로 몸을 기울였다.

"나이 많은 여자를 좋아하는 남자. 왜 있잖아, 우리나라 대통령도 고등학교 때 만난 선생님이랑 결혼했잖아. 자기보다 나이가 많고 똑똑해 보이고 기댈 수 있고, 뭐, 그러면."

"아, 뭐래요?"

미자는 어느새 소피의 말버릇을 따라해 버렸다. 다니엘은 그런 남자가 아니어야 했다. 미자는 휴대폰을 머리맡에 던지듯 내려놓고는 이불을 머리끝까지 뒤집어썼다. 그러고는 다니엘이 이불 속에서 떠나지 않는 것 같은 기분에 사로잡혔다. 이불을 걷어차고 일어나 욱하는 마음에 소피에게 큰 소리로 외쳤다.

"너는 뭘 그렇게 말도 안 되는 소리를 하고 그러냐?"

그때 누가 방문을 두드렸다.

"뭐야? 누가 우리 얘기 다 들은 거 아냐?"

이링이 내심 불안해하는 기색으로 일어나 까치발로 살금살금 문을 향해 갔다. 미자는 순간적으로 베개를 꼭 끌어안았다. 소피는 침대 밑으로 들어가는 시늉을 했다. 문이 열렸다. 미자는 베개를 끌어안은 채 고개를 살짝 내어보았다. 준호였다. 준호는 침대 앞에 일어선 미자에게 손짓하며 말했다.

"미자, 수리가 잠깐 보자고 하는데?"

미자는 대뜸 그에게 "왜요?"라고 물었고, 준호는 "일단 같이 가 보자"라고 다정하게 말했다. 미자는 자리에서 일어나 슬리퍼를 신고 준호를 따라 나갔다. 밑창이 가벼운 슬리퍼는 발걸음을 뗄 때마다 요란한 소리를 냈다. 발바닥에 힘을 주어도 소리는 잦아들지 않았다. 아무리 애써도 들킬 수밖에 없는 마음의 소리가 있다고, 슬리퍼가 알려 주는 것만 같았다. 시끄러운 소리가 서서히 잦아 들었고, 준호와 미자는 아이들이 매일 아침 모이는 회의실에 도착했다.

"왔어?"

수리는 운동복 차림이있다. 회의실에서 뭘 했는지 앞머리가 땀에 젖어 있었다. 미자의 시선이 저도 모르게 수리의 가슴으로 향했다. 수리는 허리를 꼿꼿이 세우고 운동복 상의 지퍼를 내리면서, 미자에게 자리에 앉으라고 했다. 미자는 자리에 앉아서도 수리의 가슴에서 눈을 떼기 어려웠다. 수리의 풍만한 가슴이 저돌적으로 보여서였다. "다니엘은 나이가 많은 여자를 좋아하나 봐"라는 소피의 말이 귓전에 울렸다. 정신을 차리려 애썼지만 불안감을 잠재우기는 어려웠다. 수리가 혹시라도 "나를 위해 다니엘을 포기해. 우리는 이미 미래를 약속했어. 다니엘이 성인이 되면, 우리는……"이라는 말로 압박하지는 않을까 불안해지기까지 했다. 입을 달싹이던 수리는 어렵게 입을 떼었다.

"할매 국밥 사장님, 알지?"

다니엘이 아니라 할매 국밥 사장님이었다. 미자는 저도 모르게 안도의 한숨을 내쉬었다. 그런데 수리는 '지'로 끝나는 말로 묻고 있었다. 미자는 수리가 한 말의 의미를 되새겨 보았다. "사장님 알지?" 상대도 알고 나도 아는 정보에 물음표만 붙여 질문의 형태로 만들어 버리는 그런 말. 미자는 아무 말 없이 수리의 눈을 바라보기만 했다.

"외할머니가 돌아가셨대. 작년에."

수리는 미자의 외할머니인 '이미자 1'이 죽었다고 말하고 있었다.

"할머니 사시던 곳에 가고 싶다고 하면 예정대로 움직일 거야."

미자의 기억 속에는 할머니가 없다. 고로 할머니의 죽음이 그렇게 슬프지는 않았다. 그렇지만 엄마는 다를 것이다. 부산을 떠난 뒤, 딸 '이 뭐꼬'에게 자기 엄마의 이름 '이미자'를 붙여 준 의도를 미자는 모르지 않았다.

"생각 좀 해 볼게요."

"정리되면 알려 주고, 이만 가 봐도 돼."

수리의 말에 준호는 하품을 하다 말고 놀라 일어섰다. 미자는 자리에서 돌아서다 말고 수리를 불렀다.

"대표님."

난데없는 호칭에 수리는 눈을 크게 치켜떴고, 하품을 또 하려던 준호는 입을 떡 벌린 채로 미자를 보았다. 수리가 에스에스 815 그룹의 대표라는 사실을 미자는 이미 알고 있었고, 수리가 미자에 대한 비밀 아닌 비밀을 아는 이상 미자도 수리에게 자기만 아는 사실을 말하고 싶었다. 미자는 수리에게 물었다.

"대표님은 어떻게 아셨나요? 할매 국밥 사장님이 내 외할머니인 걸."

수리는 난감해하는 기색노 없이 무표정한 얼굴로 말했다.

"데비가 알려 줬어."

미자의 고모 데비 갈비는 샤이닝 대표님과 단둘이 식사를 했다고 자랑삼아 이야기한 적이 있었다. 그 대표가 바로 수리라는 사실을 미자는 알고 있었다. 고모가 수리와 함께 엄청 비싼 음식을 먹었고, 오랜 대화도 나눴다고 자랑하며, "미자야, 무슨 일이 있어도 〈드림캠프〉에 꼭 지원해야 돼"라고 미자를 압박했다. 미자가 아무런 반응을 보이지 않자 고모는 엄마의 엄마에게도 안부는 전해야 하는 게 도리 아니겠냐며 미자를 타일렀다. 미자는 그 말에 마음을 바꿔 〈드림캠프〉에 지원하기로 결심했다. 고모가 타일러서가 아니었다. '엄마의 엄마'라는 말이 오랫동안 마음에 꽂혀서였다. 그것은 미자에게 돈 못지않게 중요한 의미가 되었다.

그들 사이에는 잠시 침묵이 흘렀다. 미자는 얼른 그곳에서 벗어나고만 싶었다. 언제나 그렇듯이 타이밍이 문제였다. 그러나 타이밍은 자신이 선택하면 그만이라는 생각이 스쳤다.

"이제 가 볼게요."

수리는 고개를 끄덕였다. 미자는 슬리퍼를 질질 끌며

회의실 밖으로 나왔다. 슬리퍼 밑창이 발바닥을 치는 소리가 울렸다. 미자의 슬리퍼 소리를 듣고 이링이 문을 열어 주었다. 방으로 들어왔다. 소피와 이링은 미자에게 무슨 일이냐고 캐묻기 시작했다. 이링은 미자의 팔을 잡고는 준호가 널 따로 부른 이유가 뭐냐며 집요하게 매달렸다. 미자는 이링의 팔을 뿌리치고는 "별거 아냐"라고 짜증스럽게 대답했다.

휴대폰을 들고 고모에게 메시지를 보냈다. 엄마의 엄마가 죽어서 만날 수 없다고 전하니 고모는 알겠다고 했다. 휴대폰을 침대 옆 테이블 위에 던져 놓고 이불을 뒤집어썼다. 잠시 후 휴대폰이 다시 울렸다. 고모가 보낸 메시지였다.

– 이갈비, 네가 해야 할 일이 또 있어.

고모는 미자를 '이갈비'라 부른다. 그렇게 좀 부르지 말라고 미자가 애원하듯 말해도, "갈비를 갈비라고 부르는데 뭐가 문제냐? 이래 봬도 갈비는 뼈대 있는 집안이라고."라며 되지도 않는 갈비 '뼈대' 타령을 하곤 했다. 짜증나서 대꾸도 안 하려는데 고모가 보낸 그다음 메시지에 시선을 고정할 수밖에 없었다.

– 변길수 찾거든 젤리나 받아 와.

변길수와 젤리라니, 이 어울리지 않는 조합은 무엇인

가, 라는 생각이 스쳤다. 동시에 고모가 갑자기 변길수 얘기를 꺼내서 놀라기도 했다. 마치 미자가 미처 말하지 않는 사실을 알아차리기라도 한 것만 같아 놀란 미자는 바로 고모에게 답장했다.

　- 변길수랑 젤리랑 뭔 상관?

　- 뭔 상관이냐니? 변길수가 그 젤리 만들어서 떼돈 벌었잖아.

　- 그 젤리 뭐?

　- 이갈비 기억력 완전 형편없네. 네가 K 마트에서 맨날 갖고 온 거 몰라? 샤샤.

　샤샤, 라는 말에 침을 꼴깍 삼켰다. 미자에게 어쩌면 자신이 해야 할 일이 하나 더 생겼다는 생각이 스쳤다. 주문처럼 그 말을 되뇌었다.

　샤샤.

3
소피의 유니온

소피의 자기소개서 - 임대와 대여

어둠 속에 숨겨진 날, 찾아 준 사람.

제가 제일 좋아하는 케이팝 그룹 유니온의 히트곡 〈마마〉의 가사입니다. 이 노래를 듣고 나는 누구를 엄마라 불러야 할지 확실히 알게 됐어요. 오늘 제가 엄마라고 부르는 분의 이야기를 할까 합니다. 본 에세이는 영문으로 쓰되 한국인과의 대화는 한국어로 적도록 하겠습니다.

저는 현재 프랑스에서 한국인과 함께 살고 있습니다. 제게 가족이 되어 준 분은 저희 삼 남매의 위탁모인 은주예요. 친모가 마약 중독으로 시설에 들어간 뒤 갈 곳 없는 저희를 은주가 키워 주고 있습니다. 은주와 살면서 제 한국어도 제법 늘었지요. 은주와 함께 한국 드라마를 보며 이야기를 나눈 덕분이에요. 저는 은주와 거의 매일 소파에 앉아 한국 드라마를 봤거든요.

드라마 속 건물이 빽빽하게 들어선 골목의 정경을 보는데 유독 한 단어가 제 눈에 들어왔어요.

임대.

한국 건물 곳곳에는 '임대'라는 글자가 붙어 있었습니다. 저는 은주에게 물었습니다.

"임대가 뭐예요?"

"돈 주고 빌리는 거."

은주는 간단하게 답해 주었고, 나는 계속 드라마 속의 간판과 안내문을 소리 내어 읽었습니다. 은주와 함께 사는 동안 한국어를 더 빨리, 잘 배워서 은주의 언어로 말하고 싶었거든요. 읽다 보니 또 하나의 단어가 눈에 들어왔습니다.

대여.

나는 또 은주에게 물었습니다.

"대여가 뭐예요?"

"돈 주고 빌리는 거."

저는 다시 물었습니다.

"그럼 임대랑 대여랑 같아요?"

은주는 고개를 갸웃해 보이며 '같은 것도 같고, 아닌 것도 같고'라는 헷갈리는 말을 했기에 저는 다시 물었습니다.

"이거 사람한테도 쓸 수 있어요?"

"사람한테? 아니. 아, 된다, 돼. 선수 임대."

은주는 도리질을 치며 말을 번복하더니 이해하기 쉽게 다시 설명해 줬습니다.

"맨유 같은 데서 선수들 다른 데 빌려 주고 돈 받는 거 있잖아. 그거 선수 임대라고 해."

"돈을 받고 잠시 사람을 봐 주는 게 한국말로 임대예요?"

"아니."

"그럼, 그건 한국말로 뭐예요?

은주는 의심에 찬 눈빛으로 저를 보더니 왜 그걸 묻느냐고 했어요. 나는 망설이다 답했습니다.

"은주가 나를 키워요. 정부에서 돈을 받고요. 대여랑 임대를 보니 생각이 났어요."

그 말에 은주는 나를 꼭 안아 주고는 이렇게 말했어요. 임대나 대여는 우리에게 맞지 않는 말이라고, 자기는 그냥 우리 엄마로서의 역할을 할 뿐이라고요. 그러고는 헝클어진 내 머리를 빗겨 주기 시작했습니다. 엉킨 머리 때문에 아파하지 않도록 손바닥으로 지그시 머리를 누르며 천천히 머리를 빗겨 주었지요. 은주의 부드러운 손길이 머리칼을 쓸어 넘겼고, 그 순간 엉망진창이 되어 버린 내 모든 걸 은주가 하나씩 가지런한 모습으로 만들어 주고 있다는 믿음이 생겼습니다.

나를 낳은 엄마는 헝클어진 내 머리를 한 번도 빗겨 준 적이 없다는 사실을 깨달은 그날, 처음으로 은주를 엄마라 불렀습니다.

엄마.

유니온의 리더 팜도 이런 말을 했지요.

"내가 누구인지 아는 게 인생의 숙제였는데 이젠 그걸 해냈다"고요. 리더 팜은 친부모를 한 번도 만난 적이 없었지만 자기를 무대에 세워 준 분의 도움으로 자기가 누구인지 알게 되었다고, 그분을 엄마라고 생각한다고요. 저도 마찬가지 아닐까요?

나와 동생들을 온 마음으로 키워 준 은주와 더 이상 임대나 대여의 의미로 헷갈려하며 대화하지 않도록 한국어를 제대로 배워 보고 싶어요. 그게 내가 진짜 나를 알아 가는 또 하나의 방법이라고 생각합니다.

새벽 6시부터 일어난 소피는 거울 앞에 서서 한 시간 넘게 몸단장 중이다. 멍하게 소피를 바라보던 미자는 의심에 찬 눈초리로 소피에게 물었다.

"소피, 그 빗 내 거 아냐?"

"니 꺼 내 꺼가 어딨어? 한 방 쓰면 다 우리 거지."

미자는 이불을 걷어차고 일어나 소피의 손아귀에서 빗

을 빼앗았다. 누군가에게 자기 것을 쓰게 해서는 안 됐다. 그게 빚이듯, 빚이든.

"야, 갈비. 진짜 치사하다. 빗 좀 썼다고."

"갈비가 왜 거기서 나와?"

"너 갈비 맞잖아."

"영어 이름에만 있다고."

"어쨌든 갈비가 있잖아. 갈비를 갈비라고 부른 내가 문제냐? 언니를 언니라고 안 부른 네가 문제지."

"야!"

"이게 어디서 자꾸 야, 라고 그래, 싸가지 없이."

"뭐, 싸가지? 너 말 다 했어?"

미자는 분한 나머지 손에 쥐고 있던 빗을 바닥에 내동댕이치려 했는데, 발 앞에 놓인 소피의 여행 가방에 걸려 넘어질 뻔하면서 빗을 허공으로 던져 버렸다. 빗은 공중에서 포물선을 그리며 움직였고 공기 중의 빗이 하강하자 방문이 스르륵 열렸다.

남자였다.

방문을 열고 등장한 한 남자가 자신을 향해 날아오는 미자의 커다란 빗을 잡았다. 남자는 빗으로 시선을 옮겼다. 위아래로, 입었다기보다 걸친 듯한 검은 옷은 남자의 마른 체형을 더 부각시켰다. 빛이 들지 않는 곳에 서서 빗을 들고 신 남자의 모습은 도끼를 건 그림자 같았다.

여자 숙소에 당당하게 문을 열고 들어온 남자의 정체를 그 누구도 알지 못했다. 미자, 소피, 이링의 시선은 그에게 쏠려 있었고 여자애들의 놀란 눈빛을 받아 낸 남자는 입을 열었다.

"사무실이 50층에 있다고 해서 왔는데."

남자의 목소리는 작아서 여자아이들에게 겨우 들렸다.

"무슨 사무실이요?"

이링이 묻자 남자는 한 손에 쥐고 있던 서류를 들어 보이며 말했다.

"본부 전략기획팀이요."

"그런 팀은 우리가 잘 모르고요. 왼쪽으로 가서 코너 돌면 바로 사무실이 있어요."

이링이 설명했지만 남자는 이해하지 못한 듯했다. 미자는 문 앞으로 다가가 남자에게 사무실로 가는 방향을 알려 주었다. 남자는 미자를 향해 가볍게 고개를 끄덕였다. 미자는 남자의 얼굴을 자세히 보려는데 남자는 몸을 틀어 빠른 속도로 복도를 가로질러 갔다. 남자에게서 마른 장작 같은 냄새가 났다. 어릴 적 어디에선가 맡아본 적이 있는 냄새였다. 미자는 몸을 틀어 그의 뒷모습을 보았다. 복도 끝에서 희미하게 보이는 남자는 정말 그림자 같았다.

"저 남자 누구야?"

문 옆에 있는 미자에게 붙어 서서 이링이 물었다.

"글쎄."

"저쪽 사무실은 준호 오빠가 자주 드나드는데, 신입 사
원인가?"

미자가 명쾌한 대답을 않자 이링은 남자가 이동한 쪽
을 보았다.

"야, 뭐해? 모르는 남자 보다가 우리 유니온 보는 시간
에 늦겠다고. 얼른 서둘러."

소피의 재촉에 미자와 이링은 못 이기는 척 방을 나섰다.

잠시 후, 아이들은 하나둘 회의실로 모였다. 제일 먼저
자리에 앉은 미자를 향해 다니엘은 손을 들어 인사했고,
뒤이어 이링이 들어왔다. 소피는 머리카락을 손가락으로
배배 꼬며 들어와 자리에 앉았다. 수리는 오지 않았다. 대
신 준호가 나와서 일정을 확인해 주었다.

"오늘은 소피가 만나고 싶어 하는 유니온을 만나러 가
는 날인 거 기억하죠?"

"물론이죠. 오늘만을 기다렸다고요."

소피는 목소리를 높여 말했다.

"가는 데 시간이 좀 걸릴 테니 지금 서둘러 출발합니다."

미자는 선뜻 차에 올라타지 못했다. 오늘의 일정이 내키지 않았다. 소피처럼 들뜬 기분으로 웃고 떠들며 신나게 춤을 출 기분은 더더욱 아니었다. 미자는 간밤에 고모와 주고받은 메시지를 다시 들여다봤다.

– 변길수 얼른 찾아내서 젤리나 받아 와.

고모는 미자가 한국에 온 소기의 목적을 달성해야 한다고 부추기는 듯했다. 어쩌면 고모는 미자가 속에 품은 독기가 무엇인지 이미 알고 있었는지도 몰랐다. 미자는 다니엘을 떠올렸다. 다니엘이 찾고 있는 단종된 젤리는 샤샤이고, 그 개발자는 변길수로 미자가 찾는 인물이기도 했다. 그렇다면 자신이 찾으려는 사람과 다니엘이 찾고자 하는 사람이 동일하다. 다니엘에게 전해야 했다. 너랑 나랑 찾는 인물이 같다. 우리는 이제 함께 움직여야 할 거다, 라고. 문제는 바로 이거였다. 다니엘에게 어떻게 말할 것인가. 미자는 복잡해진 머리를 쥐어뜯고 싶은 심정이었다.

"미자, 안 타?"

다니엘이 묻자 미자는 몸을 움찔했다.

"어… 잠시만… 먼저 타."

미자는 재빨리 휴대폰을 꺼내 다니엘에게 문자 메시지를 보냈다. 메시지에 자신이 방금 전 머릿속에 정리한 길수 이야기를 짧게 전했다.

길수=미자 엄마 ex=샤샤 제작자

미자는 서둘러 차에 올랐다. 다니엘은 미자의 복잡한 심정을 모르는 듯 콧노래를 불렀고, 리듬에 맞춰 고개를 까닥이던 준호는 골목 어귀로 진입했다. 미자는 다니엘이 문자 메시지를 확인하기만을 기다렸다.

"참, 아까 50층에 사무실을 찾는다는 남자가 왔었는데."

이링이 준호에게 물었다.

"아, 테오. 아까 만났어."

테오. 그림자의 이름이었다. 미자는 준호에게 테오에 대해 묻고 싶은 충동이 일었으나 참았고 그사이 준호와 대화하고 싶어 했던 이링이 물었다.

"누구예요?"

"미국에서 나랑 잠시 일했던 학생인데 우리 회사에 볼일이 있어서 왔어."

"학생이 무슨 볼일로 이 회사에 오는데요?"

이링이 집요하게 물었고, 좁은 골목에서 속도를 낮춰 조심스럽게 운전하던 준호는 잠시 말을 멈추고 다시 답해 주었다.

"김퓨디 과학 전공희는 대학생인데, 그 친구가 온라인 외국어 교육 플랫폼을 만드는 스타트업을 하거든. 그 사업을 우리 회사에서 지원해 주기로 해서."

테오.

미자는 테오의 이름을 되뇌어 보았다. 테오(Theo). 신의 선물이란 뜻이다. 아들을 낳으면 테오라고 짓고, 딸을 낳으면 앨리스라고 이름을 짓겠다 했다던 아빠의 말을, 미자는 들은 적이 있었다. 아들을 낳지 않아 테오는 없었고, 딸을 낳았지만 앨리스도 없었다. 자신의 아이가 어디에서든 한국 이름으로 불렸으면 한다는 엄마의 말을 아빠가 받아들이지 말았어야 했다. 미자는 미자가 싫었다. 미자도 루시나 앨리스나 다이안이라고 불리고 싶었다. 테오. 자기 대신 태어난 아이였을 수도, 혹은 남자 형제가 될 수도 있었던 그림자 같은 그 남자를 미자는 다시 한번 떠올려 보았다. 어둠 속에서 도끼 모양의 빗을 들고 있던 남자의 모습이 자꾸 아른거렸다. 아, 맞다. 미자는 손바닥으로 자기 이마를 짚으며 작게 탄식했다. 남자는 미자의 빗을 들고 갔다. 소피가 썼다고 화를 냈는데 그 남자가 들고 갔다고 내버려둘 수는 없었다. 자기 물건을 찾아야 했다. 미자는 준호에게 물었다.

"그 남자, 다시 오나요?"

"누구?"

"테오."

미자가 테오라는 이름을 입 밖에 내자 다니엘이 놀란 듯 미자를 쳐다보았다. 준호는 한 번쯤 더 오지 않을까, 라고 대수롭지 않게 말하고는 건물 앞에서 차를 세웠다.

"이제 내릴 준비 하세요."

준호의 말에 아이들은 안전벨트를 풀었다. 도착한 곳에는 에스에스 815 본사 못지않게 높은 건물이 연이어 붙어 있었다. 여기가 어디냐는 미자의 질문에 준호는 신사동이라고 했다.

"신사동이 어디였더라."

다니엘이 혼자 중얼거리자 준호가 바로 답했다.

"강남."

"그럼 여기가 '오빠 강남 스타일'의 강남이야?"

다니엘의 말에 소피가 고개를 끄덕이며 말했다.

"여기가 한국에서 제일 핫한 곳이야. 기획사도 많고 연예인들도 많이 산다잖아. 우리 유니온 멤버들도 이 근처에 산다고."

그 설명만으론 부족했는지 소피는 저쪽 한강으로 이어지는 산책로 공원에서 유니온 멤버들이 배드민턴을 치기도 하고, 또 다른 길로 가면 유니온이 자주 가는 밥집도 있는데 그 식당도 가 봐야 한다며 내내 조잘댔다.

신사동 지도를 좀 봐야겠다며 다니엘이 주머니에 손을 넣고 주섬주섬 휴대폰을 찾다가 아, 하고 옅은 한숨을 내쉬었다. 휴대폰을 깜빡 잊고 안 가지고 왔다는 것이었다. 미자는 아차, 싶었다. 다니엘의 소매를 잡아끌었다. 얼른 메시지를 보여주고 싶은 마음에 조금은 거칠게 잡았다는 생각이 스쳤지만 상관없었다. 미자는 다니엘에게 자기 휴대폰을 보여주었다. 다니엘은 짐짓 놀란 표정을 지었지만 아무 말하지 않았다.

"미자야 알려줘서 고마워. 그리고 이건 내가 알아서 할게."

"어떻게?"

다니엘은 대답 대신 옅은 미소를 지어보였다. 그러고는 먼저 들어가라는 손짓을 했다.

앞장선 소피와 여자아이들이 먼저 건물 앞으로 향하는 모습이 보였다. 미자는 뒤를 돌아보았다. 준호와 다니엘이 이야기를 나누고 있었다. 이링이 옷깃을 잡아끌자 미자는 이링을 따라 건물 내부로 들어갔다.

기획사 안으로 들어가자마자 소피는 감격의 눈물을 흘리듯 훌쩍이며 휴대폰으로 이곳저곳을 찍기 시작했다. 언제 나타났는지 준호는 아이들 앞으로 나와 기획사 사무실을 돌며 소개하기 시작했다. 이링이 준호 뒤에 바짝 붙어 따라갔고, 미자는 주변을 두리번거렸다. 준호는 들어왔는데 다니엘이 보이지 않아서였다.

고개를 돌리다가 사무실 한쪽 벽에 걸린 유니온 사진에서 시선이 멈추었다. 립스틱 '돈 크라이 홍도'를 손에 쥔 채 입술을 살짝 벌리고 있는 리더 팜의 모습이 눈에 들어왔다. 자세히 보니 소년 같기도 하고 소녀 같기도 한 얼굴이었다. 화장을 했겠지만 피부색이 유독 하얬고 굵은 웨이브를 한 단발머리는 그의 중성적인 매력을 부각시켜 주었다. 강한 남성성은 찾아볼 수 없었다. 특히 팜의 좁은 어깨는 다니엘 어깨 너비의 절반 정도에 미치는 수준이라 가늠해 보면서, 남자를 보는 취향마저도 소피와는 도무지 맞지 않다는 듯 미자는 고개를 저었다.

"미자, 잠깐만."

언제 나타났는지도 모를 다니엘이 잡아끌자 미자는 저도 모르게 뒷걸음질 쳤다. 다니엘은 미자의 팔을 자기 쪽으로 다시 한번 끌어당겼다. 미자는 다니엘에게 바짝 붙어 버렸다. 미자는 조금 떨었고, 다니엘은 속삭였다.

"했어."

"뭘?"

"전화했다고."

"누구한테?"

"변길수."

"뭐?"

놀란 미자가 목소리를 높이자 다니엘이 손가락으로 제 입술을 누르며 조용히 하라는 신호를 보냈다.

며칠 전 짜장면 집 앞에서 미자가 훌쩍일 때 다니엘은 '미자 엄마의 돈을 갖고 사라진 엄마의 옛 애인'을 찾을 수 있게 도와주겠다고 했다. 그때만 해도 다니엘에게 어떠한 기대도 하지 않았다. 미자는 믿기지 않는다는 듯 되물었다.

"네가 변길수 번호를 어떻게 알아? 그리고 넌 오늘 휴대폰도 안 들고 왔다며."

미자는 다니엘을 복도 구석으로 데리고 가서 다시 물었다.

"도대체 언제 어떻게 한 거야?"

기획사에 들어오기 바로 전, 준호에게 급한 일이 있어 전화를 써야 한다고 하고는 준호의 휴대폰을 빌려 변길수 연구실로 전화를 걸었다고 했다. 다니엘의 말에 미자는 놀란 표정으로 다니엘에게 되물었다.

"미쳤어?"

"왜?"

"왜긴 왜야? 준호가 스태프인 거 잊었어?"

다니엘은 종종 준호가 캠프 운영진이라는 사실을 잊곤
한다. 몇 해 전부터 미네소타에서 친분을 쌓은 사이고, 준
호의 소개로 〈드림캠프〉에 왔고, 여기서도 함께 방을 쓰
고 있어서 그런지 다니엘은 준호를 막역한 친구 대하듯
하는 경향이 있었다.

미자는 한숨을 크게 내쉬었다. 몰래 해야 하는 일을 캠
프 측에 알린 꼴이 된 것이다. 준호의 휴대폰을 쓰다니,
다니엘답지 않게 치밀하지 않은 처사였다. 미자는 일을
그르치게 될 것 같은 불길한 기분이 들었다.

"걱정 마. 준호는 괜찮아."

처음에는 괜찮아 보여도 나중에 괜찮지 않은 사람이 허
다하다. 대표적인 인간이 변길수였다, 사람을 믿으면 안
된다, 라는 말을 다니엘에게 잔소리처럼 늘어놓고 싶은
충동이 일었다. 사람을 너무 쉽게 믿어 버린 다니엘이 미
자 눈에는 걱정스러워 보여서였다. 그럼에도 불구하고 변
길수와의 통화 내용이 무척 궁금했다.

"그 인간이랑 통화했어?"

"인간?"

다니엘이 못 알아듣겠다는 표정을 지었다. 미자는 보통
다니엘과 영어로 대화하는데 이번에는 불쑥 한국어가 튀

어나와 버렸나. 마뜩잖아 하는 상대를 '그 인간'이라 부르는 건 엄마와 고모의 오랜 습관이기도 했고 그들과 주로 한국어를 쓰다 보니 미자도 어느새 엄마와 고모의 말투를 닮아 가고 있었다. 미자는 영어로, "변길수랑 정말 통화를 했다는 말이야?"라고 바꿔 말했다.

"물론이지."

"연락처는 어떻게 알았는데?"

"별별나라 직원이 알려 줬어."

다니엘의 드림맨이 샤샤 개발자라는 걸 알게 된 별별나라 직원은 다니엘을 돕고 싶다면서 샤샤와 관련된 사람이라며 자기가 갖고 있었던 변길수의 명함을 줬다고 했다. 회의실 문밖에서 직원과 다니엘과 함께 나눴던 이야기 주제가 바로 이 명함이었다고 다니엘은 말했다. 솔직히 미자는, 변길수의 연락처를 알아낸 경로보다 통화 내용이 더 궁금했다.

"그래서 넌 변길수한테 뭐라고 했는데?"

다니엘은 그에게 자신을 미국에서 식품영양학을 전공하는 대학원생으로, 잠시 연구차 한국을 방문했다고 소개하고는 변길수의 연구에 대해 물어보고 싶은 부분이 있으니 모레 저녁 8시에 연구소로 직접 찾아가겠다고 했단다.

"잘 됐지? 우린 낼모레 야구장에 가잖아. 거기 갔다가 가면 될 거 같아."

다니엘은 잔뜩 들떠서 말했고 미자는 미덥지 않다는 듯 물었다.

"그 인간이 그렇게 쉽게 만나자고 했다고?"

"응."

"무슨 말을 했길래 만나 주겠다는 거지?"

"샤샤."

"뭐?"

"내가 시카고 K 마트에서 미리 사 놓은 덕에 아직도 샤샤를 갖고 있다고 했거든."

"그 얘기, 왜 했는데?"

"내가 먼저 안 했는데."

다니엘이 변길수에게 자신은 미네소타 출신이라고 했더니 그럼 샤샤를 아느냐고 먼저 물었다고 했다. 다니엘은 그걸 아는 정도가 아니라 자신이 한국에 온 이유가 바로 단종된 샤샤를 찾으러 온 것이라고 말해 줬다고 했다.

'그것 때문에 변길수 그 인간이 다니엘을 대뜸 만나 주겠다 했다고?'

미자는 두 사람 사이에 오간 대화에서 뭔가 의심쩍은 느낌을 지울 수 없었다. 미자도 자기가 알고 있는 정보를 새확인하러 다니엘에게 물었다.

"JS 진심 연구소, 맞지?"

다니엘은 고개를 끄덕였다. 진심 연구소. 미자가 말해 놓고도 헛웃음이 났다. 변길수는 어쩜 이렇게 연구소 이름도 자신에게 걸맞지 않게 지었을까.

"진심 연구소, 맞아. 진심."

다니엘이 진심, 을 한 번 더 반복했다. 그 말이 왠지 따뜻하게 들렸다. 미자는 다니엘의 말을 믿기로 했다. 진심으로 다니엘을 믿기도 했고, 지금 이 순간에는 변길수를 만나는 일이 무엇보다도 우선이 되어야 했기 때문이었다. 다니엘은 말을 이었다.

"자기가 도움을 줄 수 있다고, 찾아오라고 했어."

미자가 고개를 갸웃하며 아무 대답도 하지 않자 다니엘이 목소리를 높여 말했다.

"진짜야. 얘기해 보니까 그 사람, 그렇게 나쁜 사람 같지는 않아 보여. 앗, 미안."

다니엘은 자기가 한 말을 주워 담기라도 하듯 손바닥으로 제 입을 눌렀다. 샤샤를 찾기 위해 한국까지 왔다면, 그 개발자를 찾고 싶어 한다면 다니엘은 그에게 호의적인 태도를 취할지도 모를 일이었다. 자기가 소중하게 생각하는 음식을 만들어 낸 사람이 아닌가. 게다가 그걸 다시 찾게 도와줄 수 있는 사람이기도 하지 않은가. 미자도 그것을 이해 못 하는 건 아니었다.

필요한 순간 내 뒤에 서 있는 어른이 있다는 사실은 미자에게 든든한 '빽'이 되어 주었다. 미자에게는 엄마보다는 고모가 그랬다. 어쩌면 다니엘도 다르지 않을 거란 생각이 스쳤다. 자신이 좋아하는 걸 소중하게 생각해 주는 어른이 있다는 건 자신이 한 인간으로 존중받고 있다는 믿음이 되기 때문이었다. 미자는 다니엘의 믿음을 깨 버리는 장본인이 되고 싶지 않았다.

동시에 미자는 두려웠다. 자기에게는 둘도 없는 나쁜 새끼가 다니엘에게는 둘도 없는 은인이 될 거라는 사실은 생각만 해도 몸서리가 쳐졌다. 다니엘을 배려해야 했지만 미자에게는 돈이 급했다. 동시에 다니엘 앞에서 돈돈거리는 자신이 우스워 보일 수도 있겠다는 생각이 스쳤다. 미자는 저도 모르게 "아이씨"가 튀어나왔다.

"미자, 왜 그래?"

미자는 순간 머쓱해진 표정으로 다니엘을 보았다. 크고 맑은 두 눈이 반짝였다. 그때 소피가 소리쳤다.

"니들 안 들어와?"

소피가 복도 끝에서 불렀다. 미자는 "들어가, 들어간다니까"라며 짜증스럽게 답했는데 자신의 복잡한 심정을

3 소피의 유니온 95

애먼 소피에게 떠넘긴 것 같아 미안한 감정이 들었다. 다니엘은 한 손으로 미자의 등을 톡톡 쳤다. 찌릿한 느낌이 들었지만 아무렇지도 않은 척하며 다니엘을 향해 웃어 보였다.

"우리, 같이 하는 거다."

다니엘의 귓속말에 미자는 간지러운 듯, 한쪽 어깨를 올렸다. 고개를 옆으로 살짝 돌리는데 복도 끝으로 검은 그림자가 스쳐 지나갔다. 미자는 다니엘과 나눈 이야기를 누가 들었을까 하는 불안에 잠시 사로잡혔다.

*

"두 분, 이쪽으로 오세요."

리더 팜이 다니엘과 미자를 향해 손짓했다. SNS 영상이나 인천공항 전광판에서 봤던 연예인이 눈앞에서 손짓했다는 사실이 비현실적으로 느껴진 미자는 순간 멈칫했다. 팜의 손짓에 어색하게 손 인사를 건네며 다니엘과 미자는 댄스연습실로 들어갔다. 삼면이 모두 거울로 되어 있는 큰 공간이었다. 거울 때문인지 앉아 있는 사람들보다 더 많은 사람들이 있다는 착각이 들었다.

리더 팜은 다른 멤버들과 함께 나란히 앉아 있었다. 옆에 앉은 멤버들도 얼른 오라는 말을 했는데 뭔가 뻘쭘하기도 했지만 환영받고 있다는 기분에 미자는 망설임 없이 그들 곁으로 갔다.

"이제 다 온 거죠?"

"네."

팜의 질문에 답한 사람은 다름 아닌 소피였다. 소피는 팜 옆에 앉아 있었다. 리더 팜은 소피를 향해 웃어 주고는 자기 멤버들을 소개했다. 팜은 리드 보컬, 차차는 비보잉으로 세계 탑이며 메인 댄서를 맡고 있다고 했다. 이어 하루는 발레를 전공해 섬세한 춤선이 매력적이고, 라준은 중등래퍼 우승자 출신이라 랩이 주특기라는 특징을 간단히 소개해 줬다.

"슬슬 몸 좀 풀어 볼까요?"

차차가 먼저 일어서 팔을 양쪽으로 휘둘러 보였다. 나머지 멤버들도 자리에서 일어나 아이들 옆에 한 명씩 붙어 섰다.

"신곡 안무인데요, 아직 공개 전이지만 여기서 살짝 공개할게요."

차차의 말에 소피는 괴성을 질렀고, 미자는 소피를 피해 구석진 곳으로 몸을 옮겼다. 유니온의 신곡이 나오자 소피는 리더 팜 옆에 붙어 격렬히 몸을 흔들었고, 미자는 차차가 옆에서 연신 "갈비뼈 열고"라는 말을 하는데 갈비뼈를 어떻게 열 수 있는지 도통 이해할 수 없었고, "다시 갈비뼈 닫고"라는 말은 더더욱 이해불가였다. 다니엘은 운동 신경이 있어 왼쪽, 오른쪽 발놀림을 어렵지 않게 했으며, 아역배우 출신인 이링은 배우처럼 곡에 맞는 밝은 표정을 짓다가 노래가 끝나자 부드러운 호흡 조절로 미소를 잃지 않아 엔딩요정이란 별명이 붙었다. 갈비뼈를 열고 닫으라는 말에 따라 노래 한 곡이 끝날 때까지 춤을 추자 제아무리 식당에서 불판을 나르며 체력을 키운 미자라 해도 힘에 부쳤다. 미자는 속으로 '나도 이제 늙었나 봐'라고 중얼거렸다.

댄스 연습이 끝나는 시간에 맞춰 준호가 음료수와 음식을 들고 들어왔다. 아이들은 바닥에 앉아 치즈 김밥, 참치 김밥, 불고기 김밥, 누드 김밥 등을 펼쳐 놓고 먹었다. 피자는 고구마 피자와 하와이안 피자가 왔다. 소피와 미자는 피자에 고구마가 웬 말이냐면서 하와이안 피자를 먹겠다고 했다. 피자 상자 뚜껑을 열어 주던 다니엘이 말했다.

"하와이안 피자가 하와이에서 온 게 아니래."

"그럼 어디서 왔는데?"

이링의 질문에 다니엘이 답했다.

"캐나다."

"미국 본토도 아니고 캐나다라고? 말도 안 돼."

미자는 피자 위의 파인애플을 떼어 먹으며 말했다.

"진짜야. 캐나다 시골에 있는 주유소 사장님이 개발한 거래."

"근데 왜 캐나다 피자가 아니라 하와이안 피자지?"

이링의 질문에 다니엘은 피자 박스를 한쪽으로 치우며 대답 대신 되물었다.

"하와이산 파인애플을 들고 와 캐나다산 밀가루 반죽에 올려놓고 구우면 그게 하와이안 피자일까, 캐나다 피자일까?"

이 말에 소피는 하와이안 피자의 가장 큰 조각을 떼어 내며 말했다.

"다니엘, 그딴 거 생각할 시간에 피자 한 쪽이라도 더 먹어. 캐나다산이든 하와이산이든 뭔 상관? 맛있으면 그만이지."

"맞아. 출신이 중요한 건 아니지."

리더 팜이 아이들 대화에 끼어들었다. 출신이 중요한 게 아니라던 팜은, 멤버 개개인의 출신을 소개했다. 하루의 엄마는 베트남 사람이고, 차차는 부모가 모두 한국계 카자흐스탄 사람이고, 라준의 부모님은 방글라데시 사람인데 멤비들은 모두 한국에서 태어나 자랐다고 했다. 열일곱 살인 라준을 제외하고 모두 작년에 성인이 됐다고도 했다. 포털 사이트를 찾아보면 알 수도 있는 정보였지만, 팜이 알려 주기 전에는 이들이 어디 출신인지 소피를 제외한 세 명의 아이들은 알지 못했다. 그런데 정작 팜은 자기소개를 하지 않아 이링이 물었다.

"팜은요? 어디서 왔어요?"

팜은 피자를 우물거리며 말했다.

"몰라요."

"모르다뇨?"

"진짜 몰라요. 쓰레기통에서 발견됐거든요."

팜의 말에 아이들이 무슨 말을 해야 할지 몰라 입만 벌리고 있자 팜이 손등으로 입을 닦고는 말을 이었다.

"참, 쓰레기통은 한국 쓰레기통이었어요. 메이드 인 코리아."

팜이 하는 말을 유심히 듣던 소피는 어깨를 으쓱해 보이며 말했다.

"나도 쓰레기통 옆에서 산 적 있어요. 먹을 게 없어서 동생들이랑 쓰레기통 뒤지면서 지냈어요."

"난 쓰레기통 안에서 살았는데도 아무것도 못 먹었다니까."

미자의 눈에는 여유 있게 웃는 팜의 모습에서 소피의 모습이 겹쳐 보였다.

"소피, 너 엄마 있다고 했잖아."

미자는 소피에게 말했다. 며칠 전, 미자가 엄마와 통화하는 모습을 보던 소피가 미자에게 이렇게 말했던 게 기억났기 때문이다.

"우리 엄마도 부산 사투리 쓰는데."

"네 엄마도 한국 사람이야?"

그날 소피는 응, 이라며 얼버무렸다. 그러나 유니온 앞에서는 달랐다. 자기 엄마에 대해 이야기하기 시작한 것이다.

"우리 남매들을 키워 주는 분인데 그냥 엄마라고 불러."

엄마 이름은 은주이고 부산 사람으로 프랑스에 요리유학을 왔다가 프랑스 남자와 결혼해 강아지 두 마리와 함께 살고 있었단다. 삼 년 전, 소피 남매가 오자 은주는 남매를 안으며 "아이고, 내 강아지들"이라고 했는데 소피는 그 말을 듣고 자기가 개가 된 기분이 들었지만 그게 또 그렇게 기분 나쁘지는 않았다고도 했다.

〈드림캠프〉 멤버 네 명, 유니온 멤버 네 명, 이렇게 여덟 명이 동그랗게 모여 앉으니 캠프파이어라도 하는 기분이 들었다. 아니나 다를까, 캠프파이어의 백미인 자기 고백

시간이 이어졌다. 팜이 유니온의 노래 〈마마〉를 튼 이후에 더더욱 그러했다.

"이 노래 듣고 진짜 위안 받았어요."

소피답지 않게 진지한 말투였다. 이 말을 들은 팜이 소피의 어깨를 다독이며 말했다.

"나도 노래 부를 때 스스로 위안이 되더라고."

팜은 열네 살부터 자기가 노래를 부르는 모습을 인터넷에 영상으로 올렸다고 했다. 댓글로 올라온 사람들의 반응을 보면 신이 나서 노래를 멈출 수 없었다고도 했다.

"그때 완전 중2병에 걸렸는데 사람들은 그래도 예쁘게 봐 주더라고. 특히 소피가 그랬지?"

팜이 소피를 보며 웃자 소피는 자기 몸을 팜 쪽으로 기울였다. 소피의 행동이 과장되고 유치하게 느껴졌지만 미자는 팜 옆에서 더욱 솔직해 보이는 소피를 보니, 소피가 왜 팜에게 빠졌는지 조금은 짐작이 갔다.

"노래만 불렀어요. 안 그러면 내가 없어지는 기분이 들었거든."

팜의 말에 이링이 대꾸했다.

"나도 아역배우 시절에 그랬어요."

"봤어, 봤어. 이링이 나온 뮤비 〈조팝나무새〉. 거기서 이링, 엄청 귀엽더라."

소피의 말에 이링은 살짝 미소 지으며 말을 이었다.

"사람들은 아역배우라고 하면 엄마가 시켜서 했을 거라고 하는데, 난 아니었어요. 카메라 앞에 서면 세상의 중심이 된 거 같았거든요. 사실, 학교 들어가기 전에는 엄마랑만 있어서 중국어를 거의 못 하고 한국말만 했어요. 그러다 보니 학교에서 중국어를 이상하게 한다고 놀림을 엄청 받았고요. 근데 아역배우 일을 하면 다들 나한테 말도 잘 알아듣고 똑똑하다고 하더라고요."

왕년의 배우와 현재의 톱스타들이 말하는 유명인이 느끼는 감정을 미자는 알 길이 없었다. 그렇지만 오롯이 나로 인정받고 스스로 뭔가를 해냈다는 성취감은 미자에게도 중요했다. 100m 달리기에서 일 등을 했을 때에나 우등상을 받았을 때만은 아니었다. 고모가 같이 운동하자며 사 준 만보기를 차고 동네 한 바퀴를 돌며 처음으로 만 보 달성을 했을 때, 혼자 한국어 문법을 공부하다가 먹다, 는 먹어요, 읽다, 는 읽어요, 가 되는데 왜 듣다, 는 들어요, 걷다, 는 걸어요, 가 되지 않는지를 고민하다 한참 만에 스스로 규칙을 알게 됐을 때 신기한 쾌감을 느꼈다. 크고 작은 성취감은 하루를 살아 내는 데에 버팀목이 된다는 사실을 미자도 모르지 않았다. 누가 알아주지 않아도 자기 일만 잘하면 된다고들 하지만 그 성취를 누군기기 알아주고 축하해 준다면 뭔가 이루어 냈다는 감격에 또 다른 하루를 살 수 있는 힘이 생겼다.

"이 노래도 팜이 직접 작사, 작곡했다고 했죠?"

이링의 질문에 팜이 고개를 끄덕였다.

"'나는 나로 잘 살았다, 오늘도' 이 가사가 참 좋더라고요."

이링의 말에 소피가 나두 나두, 라며 격하게 동의하자 이링이 엄마 같은 미소를 지으며 소피의 머리를 쓰다듬었다.

"그런데 이 노래, 〈마마〉의 주인공이 누구예요?"

다니엘이 조금은 낮은 목소리로 유니온 멤버들을 향해 묻자 라준과 차차가 당연하다는 듯 말했다.

"수리잖아."

"누구?"

이링이 믿기지 않는다는 듯이 묻자 하루가 대답했다.

"신수리, 우리 회사 대표."

"수리가 여기 대표였어요?"

소피가 비명이라도 지를 듯 큰 소리로 말하며, 어디에도 소속사 대표가 공개된 걸 본 적 없다고 덧붙였다. 그러고 나서는 "그럼, 돈 엄청 많겠다"라며 중얼거리듯 말했는데 그 말투가 참 소피답다고 생각하며 미자는 피식, 웃어 보였다. 미자를 흘긋 보던 소피는 미자의 왼팔을 잡고 물었다.

"미자, 너도 알았어?"

"어…… 뭐, 근데 그게 중요한가?"

미자는 소피의 팔을 가볍게 뿌리치고는 하와이안 피자의 햄을 떼어 먹으며 말했다.

"그래. 그게 뭐 중요하겠어. 우리가 〈드림캠프〉에 와서 유니온을 만난 게 중요한 거지. 그리고 미자 너, 피자 토핑 좀 그만 떼어 먹어. 맛있는 것만 골라 떼어 먹는 애들 딱 질색이야."

소피의 말에 팜이 작게 웃으며 말을 이었다.

"맞아. 〈드림캠프〉에서 만난 게 중요하지. 우리도 〈드림캠프〉 출신이야."

소피는 팜의 말에 호들갑스럽게 반응했다.

"〈드림캠프〉 출신이라니요? 우리가 1회 아니었어요?"

"해외에서 참가자들이 온 게 이번이 처음이지. 〈드림캠프〉는 원래 있었어."

사실 팜의 말에 놀란 사람은 소피만이 아니었다. 다니엘, 미자, 이렁 모두 이번 〈드림캠프〉가 첫 회라고 알고 있던 터였다.

"우리 모두 〈드림캠프〉에서 자랐다고 해도 틀린 말이

아니쇼."

차차는 유니온 멤버들 모두가 초등학교 입학 전 여섯 살, 일곱 살부터 수리가 운영하는 〈드림캠프〉 참가자였다고 했다. 다문화 가정 자녀들을 위한 여름 학교였고, 오년 정도 진행하다가 원조 〈드림캠프〉는 없어졌다고 했다.

"왜 없어졌는데요?"

"없어진 건 아니고 뭐랄까, 학교는 아니고 학원도 아닌데, 그거 뭐라고 하지?"

"센터."

라준의 말에 리더 팜이 명칭을 알려 줬다. 그러고는 〈드림캠프〉의 역사에 대해 이야기하기 시작했다. 수리는 오랜 해외 생활 후 한국에 들어와 아이들을 위한 프로그램을 다양하게 진행했는데 다문화 가정 아이들을 위한 〈드림캠프〉가 그 시작이었다고 했다. 여름에 짧게는 일주일, 길게는 한 달 동안 지정된 장소에 머물며 학업, 음악, 댄스, 미술, 운동 등 다양한 프로그램을 무료로 운영했고 유니온 멤버들은 이 캠프에서 만나 어릴 때부터 그룹을 결성해 음악 활동을 해 왔다고 말했다. 〈드림캠프〉에 모이는 아이들이 많아지면서 수리가 아예 아이들을 위한 센터를 만들었다고 했다. 팜의 이야기를 듣던 이링이 물었다.

"그 센터 이름이 뭐예요?"

"수리 센터."

"수리 센터? 뭐 고치는 데 같은데?"

"듣고 보니 그렇네. 고칠 거 하나 없는 수리 센터였지."

팜과 이링의 대화를 듣던 미자는 웃다가 마시던 콜라를 뿜을 뻔했다. 수리 센터라니. 이름도 참 성의 없게 지었다 싶었지만 수리의 이름을 따왔다면 이상할 것도 없다고 생각했다.

"이번에도 프로젝트 해요?"

하루의 질문에 아이들이 모두 고개를 끄덕이자, 하루는 "우리도 했는데"라고 입안에 피자를 가득 넣은 상태로 웅얼거렸다.

"우린 〈드림캠프〉 프로젝트 엄청 빡세게 했다고요."

"그 덕에 유니온이 데뷔할 수 있었던 거야."

차차가 라준의 어깨를 토닥이며 제법 어른스럽게 말했다. 유니온의 데뷔 과정을 몰랐던 이링이 소피에게 "뭐가?"라고 물었다.

"우리 유니온이 이래 봬도 서바이벌 오디션에서 우승한 그룹이잖아."

소피는 오 년 전 한국 오디션 프로그램에서 우승한 이후 유니온은 수리가 세운 기획사에 정식으로 소속된 아티스트로 활동하기 시작했고 이후 세계적인 스타로 승승 장구했다는 말도 덧붙였다. 그런 소피의 모습을 흐뭇한 표정으로 바라보던 리더 팜이 물었다.

"프로젝트 뭐 할지 정했어요?"

그 말에 아이들은 모두 고개를 저었다.

"팜, 아이디어 좀 주세요. 아니, 선배님이라고 불러야 하나?"

소피가 애원조로 말하자 팜은 소피의 행동이 귀엽다는 듯 웃어 보이고는 말했다.

"진짜 우리가 아이디어 줘도 돼요?"

"그럼요."

이번에는 소피와 이링이 동시에 말하자 팜이 말했다.

"뮤비 같은 거 찍으면 어때요? 패러디나 챌린지 같은 거."

"그럼, 돈도 줘요?"

미자는 몸을 앞으로 길게 빼며 큰 소리로 물었다. 추가로 일을 하고 결과물을 내는데 돈을 받지 않을 이유가 없다는 생각에서였다. 팜은 비용 문제는 회사랑 얘기해 봐야죠, 라며 말끝을 흐렸다.

소피는 팜의 말에 바닥에 대자로 누워 팔다리를 휘두를 정도로 기뻐했다.

"우리가 유니온 신곡 뮤비로 뭔가 해 볼 수 있을 것 같아요!"

"안 될 거 없죠. 이 팀에 진짜 배우도 있고, 배우 같은 남자분도 있고, 우리 팬클럽 회장도 있고, 또 미국 대통령한테 닭똥집 판 분도 있다고 들었는데?"

"닭똥집 아니고 컵닭이거든요."

다른 애들은 다 배우에, 회장에, 멋있게 소개하는데 자신은 닭똥집으로 소개돼 빈정이 상한 미자는 팜에게 꽥, 소리치고 말았다. 그 모습을 보던 차차가 웃으며 말했다.

"이 팀에서 진짜 할 수도 있겠네."

"그냥 하는 말, 아니죠? 우리 진짜 할 수도 있다고요."

이링은 뭔가 자신감에 찬 목소리로 말했다. 유니온 멤버들은 이링에게 "왜 안 되겠어요? 해 보세요"라는 말을 한 번씩 건넸다.

유니온 멤버들과 대화의 시간을 끝으로 일정이 마무리되었다. 멤버들을 향해 "또 만나요"를 백 번도 더 넘게 말한 소피는 아쉬움을 뒤로한 채 차에 올랐다. 여전히 꿈에서 깨어나지 못한 소피는 잠꼬대처럼 중얼거렸다.

"리더 팜은 내 인생의 첫 경험이야."

"쟤 뭐래는 거야?"

미자가 큰 눈을 위아래로 움직이며 소피를 향해 말했

다.

"진짜라니까. 리더 팜이 정말 내 인생의 처음이야, 처음."

말인즉슨, 리더 팜이 소피에게 처음으로 "나는 왜 사냐?"에 대해 알려 주었다고 했다. 미자는 쯧쯧, 혀 차는 소리를 냈다. 연예인에 빠져 있는 십 대들을 보면 한심하다고 미자는 생각했다. 먹고살기 바쁘고, 먹고살기 위해 돈 벌어 쓰기도 빠듯한데, 콘서트 표 판매 시간을 기다려 수십만 원을 허비하고……. 미자가 결국 이 말을 해 버리자 소피가 이렇게 말했다.

"넌 지금 유니온 멤버들을 보고도 그런 말이 나오냐?"

"유니온 멤버들이 괜찮은 건 사실이지만 내 돈이랑 시간을 다 쏟아붓는 건 좀 아니지."

"꼬맹아, 넌 누군가한테 빠져 본 적이 없어서 그래."

미자는 그 말에 대꾸하지 않았다. 사람이 사람에게 빠지는 일이 가장 위험하다고 미자는 믿었다. 누군가를 진심으로 좋아해서 정신을 잃으면, 환영받지 못하는 아이를 낳거나, 가진 돈을 다 떼이는 결과를 만드니까. 마음을 다해 누군가를 좋아하는 일처럼 자기 인생을 망치는 일은 없으니, 누군가를 좋아하면 결국 자신만 다친다고 믿었다. 최근 다니엘을 볼 때마다 그동안의 믿음이 흔들리는 것을 마주하면서, 미자는 자신이 '사랑이라는 위험한 행위가 낳은 장애물'이라는 생각에 확신을 가졌다. 하지만 소피는 달랐다.

"누군가를 좋아하면, 정말 미치도록 좋아하면 말이지, 아무것도 안 보여. 내가 뭐가 되든, 어떻게 보이든 상관 안 해. 계산이 안 된다고. 그 마음을 내가 조절할 수가 없어, 아니, 조절이 안 돼. 그냥 보고만 있어도 행복하거든. 그 사람 얼굴, 웃음, 몸짓, 말투, 모두 다 나를 향해 있다고. 그리고 무엇보다도…."

미자는 소피가 혹시 미친 게 아닐까 생각했지만 저런 감정에 빠진다는 것이 어떤 느낌인지 궁금하기는 했다. 상대에게 아무것도 바라지 않고 그저 자신의 진심을 전하는 수고로움이 어떤 것인지 알고 싶었다. 그런 미자에게 소피가 더 가까이 다가와 목소리를 낮추었다. 아이들은 소피에게 더 집중했다.

"내가 그 사람 같고, 그 사람이 나 같아. 아, 그걸 뭐라고 하지?"

소피의 물음에 이링이 말했다.

"자웅동체?"

"그거 아닌 거 같은데."

미자가 고개를 갸웃하며 말했지만 미자도 딱히 생각나

는 밀은 없었다.

"맞다. 이심동체. 마음도 하나, 몸도 하나."

이링이 말했다.

"마음이 하나면 '이심'이 아니라 '일심' 아냐?"

다니엘의 말에 이링은 "맞다, 일, 하나"라고 제 말을 정정했다. 이링의 유일한 한국어 실수는 '일이삼사'와 '이얼쌴스'를 헷갈린 나머지 '일'을 '이'라고 한다는 것이다. 이링과 다니엘의 대화를 듣자 소피는 뭔가 생각났다는 듯이 말했다.

"바로 그거야. 은주가 남편한테 '우리는 일심동체야'라는 말을 자주 했어."

이 말을 들은 이링은 이상하다는 듯이 소피에게 되물었다.

"일심동체는 부부끼리만 쓰는 말 아냐?"

"아, 뭐래요? 좋아하면 몸도 마음도 다 하나가 되는 거지."

그 말에 이링이 작은 소리로 말했다.

"마음도 몸도 하나가 된다는 말, 듣고 보니 좀 야한데?"

그 말에 다니엘은 학습 열의에 불탄 모범생처럼 적극적으로 질문했다.

"하나가 야한 말도 돼?"

"애는 또 뭐래요?"

소피는 짜증스러운 말투였으나 얼굴은 웃고 있었다. 어찌 되었든 소피는 자웅동체든, 일심이나 이심이든 좋아하는 상대를 생각하며 정신을 잃었다는 말을 하고 싶었던 것이다. 그 말에 헛웃음을 뱉은 미자는 소피에게 쏘아붙이듯 말했다.

"그건 하나도, 야한 것도 아니라 그냥 미친 거야."

소피는 미자를 째려보며 차 등받이에 있는 쿠션을 던지는 시늉을 하더니 호들갑스러운 목소리로 말했다.

"듣고 보니 맞는 말이네. 미친 거 맞아. 나 미쳤어. 하하하하하하하."

미자는 소피가 무서워지기 시작했다. 그러나 미자와 달리 이링은 소피 쪽으로 몸을 바짝 당겨 비밀이라도 나누듯 이렇게 말했다.

"우리 진짜 해 볼까?"

"뭘?"

소피가 호기심에 가득 찬 눈빛으로 이링에게 되묻자 이링은 목소리를 높여 답했다.

"프로젝트."

〈드림캠프〉 마지막 날에는 프로젝트 발표 시간이 있어 아이들은 틈틈이 그 준비를 하고 있긴 했다. 다니엘은 샤샤의 광고를 만들겠다고 했고(그 누구도 아직 그가 쓴 광고 문구조차 본 적이 없고), 미자는 '미자 순대 국밥' 특별 레시피를 만든다고 했고(물론 사실은 아니었고), 소피는 유니온 신곡의 안무를 짠다고 했고(유니온 측에서 요청한 적 없고), 이링은 한국 드라마의 특징을 뽑아 짧은 드라마를 만들어 보겠다고 했다(그러면서 미자에게 전 애인에게 배신당한 뒤 울면서 뛰어나가다 교통사고를 당해 기억상실증에 걸린 여주인공 역할을 맡으라고 했다).

"프로젝트는 혼자 하는 거 아냐?"

소피의 질문에 미자가 재빨리 답했다.

"맞아. 제일 잘한 사람한테 대학 장학금 혜택도 준다고 했잖아."

"게다가 에스에스 815에서 일할 기회도 준다고 했어."

다니엘이 덧붙였다. 이링은 짐짓 진지한 표정으로 조심스럽게 물었다.

"우리가 같이 해서 엄청 잘 해내면 우리 모두 받을 수 있는 거 아냐?"

"그게 돼?"

소피의 물음에 이링이 강한 어조로 답했다.

"안 될 게 뭐 있어? 프로젝트 안내할 때 인원 제한도 없었잖아."

아이들은 의심에 찬 듯한 표정을 보였고 미자는 휴대폰을 만지작거렸다.

"내가 지금 한국 드라마에서 꼭 나오는 클리셰를 정리 중이거든."

이링은 포기하지 않고 아이들의 관심을 끌려고 했다. 드라마 얘기가 나오니 아니나 다를까, 이링의 말이 빨라지기 시작했다.

"같이 유니온 신곡 뮤비를 만드는 게 어때? 쓰든 안 쓰든 그건 그쪽 자유고. 그걸 프로젝트화하는 것도 우리 자유니까."

"진짜 만들자고?"

다니엘이 의심에 찬 표정으로 이링에게 물었고 대답은 소피가 했다.

"한국 드라마에 나온 클리셰로 유니온 뮤비에 쓸 드라마를 만드는 거야. 이링이 나온 〈조팝나무새〉도 그런 스토리 아니었어? 한국 드라마에서 볼 법한 뭐 그런 거 말야."

"그게 될까?"

뭔가 판이 커진다는 생각에 미자가 혼잣말처럼 중얼거렸는데 그 말을 들은 소피가 단호하게 말했다.

"잘하면 되지."

이링과 소피는 죽이 잘 맞고 있었다. 미사는 돈 계산을 해야 했으므로 조심스럽게 물었다.

"우리가 엄청 잘하면, 수리가 우리 모두한테 대학 등록금 다 줄까?"

"다 주겠지. 회사 대표라며."

"유니온이랑 콜라보를 할 수 있는데 돈이 문제겠어? 그리고 난 솔직히 대학 갈 생각도 없어."

미자는 소피가 유니온과 관련된 일 앞에서는 돈을 따지지 않는 게 마음에 들지 않았다. 미자는 마냥 희망적일 수만은 없었다. 망설이는 미자와 다니엘을 대신해 소피가 적극적으로 계획을 짰다.

"이링, 아까 네가 한국 드라마 클리셰를 정리 중이라고 했지?"

"응."

"한국 드라마에서 꼭 나오는 장면이라면 '출생의 비밀' 아냐?"

소피는 자기 말에 크게 웃으며 덧붙였다. 미자와 이링도 따라 웃었다. 그러나 다니엘은 웃지 않았다.

"출생의 비밀이 풀리는 극적인 장면이 꼭 나오잖아. 입에 문 오렌지주스를 질질 흘린다든지, 김치로 남자 머리통을 때린다든지. 맞다, 교통사고랑 기억상실증도 나오고. 당신, 누구세요? 뭐 이런 거 있잖아."

아련한 눈빛을 보이며 연기에 심취하던 소피는 결국 자기 말에 자기가 웃는 걸로 이야기를 마무리했다. 사실 그 웃음을 조용히 막은 건 다니엘이었다.

"드라마니까 그랬겠지."

다니엘은 강아지의 얼굴로 기력 없는 할아버지의 목소리를 냈다. 웃자고 한 말에 다니엘이 진지하게 대꾸하니 소피는 짐짓 당황해하는 기색을 보였다.

미자는 그날 새로운 사실을 알게 되었다. 유니온의 팬클럽 이름은 '으라차차', 소피는 유니온의 춤을 따라 춰 SNS에 올리는 인플루언서였으며 소피의 활동명은 '소사장'이라는 것이다. 게다가 그룹 유니온은 알고 보니 보이그룹이 아니라 혼성 그룹이었다. 소피가 온 마음을 다해 사랑한다는 유니온의 리더 팜은 여자였다.

미자가 발견한 사실이 또 하나 있다. 수리와 다니엘 사이에는 둘만 아는 비밀이 있었다. 서로를 바라보는 그 둘의 눈빛이 예사롭지 않다는 걸 알아챘다. 그 순간부터 미자는 다리를 떨었다. 한동안 끊었던 습관이 되풀이되고 말았다.

4
미자와 엄마의 구 남친

미자의 자기소개서 - 시카고 컵닭

 어머니는 미국 정착 십여 년 만에 식당을 차렸습니다. 한식당이 즐비한 시카고 한인타운에서 후발주자로 나선 엄마가 미국인의 입맛을 사로잡기란 생각보다 쉽지 않았죠. 고모와 제가 식당 일에 매달려도 가게를 알리기에는 역부족이었으나, 우리는 불판만큼이나 뜨겁고 열정적으로 일했습니다. 그러던 어느 날, 일생일대의 기회가 우리를 찾아왔습니다.

 돼지 갈비에 주력하다가 닭갈비를 신메뉴로 추가한 때였습니다. 식당 홍보차 닭갈비를 종이컵에 담아 다운타운 대로변에서 행인들에게 나누어 주고 있었습니다. 그때 황금빛 세단이 저 멀리서 다가왔습니다. 저는 양손에 '컵닭'을 든 채 멍하니 그를 바라보았습니다. 그 차에서 내린 사람은 다름 아닌, 전 미국 대통령 **일리 와바바**였습니다. 재임 당시 그를 열렬히 지지했던 시카고 주민들은 환호하며 그를 향해 돌진했습니다. 저는 관중들에게 밀려 양손에 든 닭갈비가 쏟아지기라도 할세라 힘껏 두 팔을 올려 만세 자세를 취했고, 그 상태로 인파에 밀린 채 앞으로 나가게 되었죠. 그렇게 갈 데까지 가니 일리 전 대통령이 제 코앞에 있는 게 아니겠습니까?

"하나만 주겠니?"

일리는 부드러운 음성으로 제게 말했습니다. 옆에 있던 보디가드의 저지하는 손길이 있었지만 저는 주눅들지 않았고 결국 그에게 컵닭을 건넸습니다. 일리는 컵닭을 받아 들고는 깻잎, 닭똥집, 닭가슴살을 고추장에 볶은 신 메뉴를 단숨에 입에 털어 넣었습니다. 한 손은 엄지를 치켜들고 다른 한 손으로 컵을 쥔 일리, 그를 향해 건배를 외친 나의 모습은 훗날 시카고 시내 곳곳에서 볼 수 있는 명장면이 될 거라 확신했습니다. 하지만 그것이 하이라이트가 되기에는 약했기에 그에게 이렇게 속삭였죠.

"당신을 '미자 갈비'에 모시고 싶습니다."

그는 크고 맑은 눈을 껌뻑이며 제게 물었습니다.

"발비(Barbie)?"

"발비가 아니라 갈비입니다. '미자 갈비'는 한국 식당이고요."

일리는 손으로 제 턱을 몇 번 문지르며 잠시 생각에 삼신 듯한 표정을 보이더니 양어깨를 으쓱하며 좋다고 했습니다. 그렇게 전 미국 대통령과 경호인단 및 지지자들을 '미자 갈비'에 초대했습니다.

일리 일행들은 닭갈비 30인분을 해치웠고 저는 일리가 내민 황금색 신용카드를 공손하게 두 손으로 받아 결제를 무사히 마쳤습니다. 그날 제가 올린 매출액은 식당 개업 이래 최고치를 찍었고, 다음 날 시카고의 유력 일간지는 이런 머리기사를 냈습니다.

"일리 와바바, 시카고 한인타운 미래와 손잡다."

일리는 고품격의 음식을 맛보았고, '미자 갈비'는 일리에게 최상의 음식을 제공했으니 우리는 서로 손을 잡을 수밖에요. 사실 저는 유력 일간지의 헤드라인보다 일리가 내게 건넨 응원의 말이 더 소중하게 느껴졌습니다. 일리는 그날 나를 가볍게 안아 주고는 제게 2달러짜리 지폐 한 장을 건네주었습니다.

"굿 럭(Good luck)."

이 달러는 흔하지 않은 지폐로 행운을 의미하죠. 나에게 행운이란 무엇일까 잠시 생각에 잠겼습니다. 그동안 저와 엄마, 그리고 세상을 떠난 아빠는 행운과는 거리가 먼 삶을 살았으니까요.

제게 행운이라는 게 온다면, 정말 그런 게 오기라도 한다면 이런 행운을 바라 봅니다. 엄마가 잃은 걸 찾아 주고 싶습니다. 항상 잃기만 했던 엄마가 꼭 가졌어야 했던 무언가를 찾아 주고 싶어요. 그걸 해 줄 수 있는 사람이 나뿐이니까요. 엄마는 자신의 젊음을 포기하고 나를 키웠습니다. 영어 한마디 못하는 외국인 노동자로, 주변 상인들과 언성을 높이는 엄마가 무식해 보이기도 했지만 그것이 나를 키우기 위한 또 다른 방법이었다는 걸 모르지 않았습니다.

저는 C 대학에 입학하고 싶습니다. 저의 드림 스쿨이자 학비도, 집세도, 물가도 비싼 곳에 위치한 C 대학은 엄마가 가보고 싶어 하는 곳이기도 해요.

아버지 마이클 갈비는 C 대학 출신이에요. 모교에 대한 자부심이 강했던 아빠는, 그 학교에서 가까운 바닷가에서 결혼식을 하자고 엄마에게 약속했습니다. 그 약속을 한 지 얼마 되지 않아 제가 태어났고 마이클 갈비는 사고로 세상을 떠났습니다. 계획했던 장소에서 결혼식은 못 올렸지만 딸 미자 갈비가 그 학교를 입학하고 졸업하는 모습을, 꼭 보여 주고 싶거든요.

일리가 제게 준 2달러짜리 지폐는 아직도 지갑 안에 있습니다.

내게도 행운이 꼭 왔으면 좋겠습니다.

굿 릭, 미자.

〈드림캠프〉 측은 주말을 맞이해 잠실구장으로 야구경기를 보러 갔다. 미자와 다니엘이 진심 연구소에 가는 날이기도 했다. 서울 지하철 노선도 익힐 겸 지하철로 이동한다는 준호의 말과 함께 아이들은 교통카드를 하나씩 받아 들었다. 유니온 멤버 사진이 박힌 교통카드를 앞뒤로 살펴보던 미자가 준호에게 물었다.

"서울이랑 어느 팀이 하는 경기예요?"

"부산."

서울과 부산의 대결을 보는 특별한 이유가 있느냐고 이링이 묻자 준호가 답했다.

"수리가 부산 사람이거든."

이 말에 부산 할매 국밥이 생각난 미자가 거들었다. 할매 국밥집은 가지 않겠다고 수리에게 말했다. 나중에 엄마가 직접 할머니의 묘소를 찾는 일이 나을 것 같다는 판단에서였다.

"그러고 보니 부산 사람이 많네. 우리 엄마, 소피 엄마, 그리고 다니엘."

"다니엘, 너도 부산 출신이야?"

소피가 목소리를 높여 말하자 미자는 아차, 싶었다. 다니엘이 입양아인 걸 다른 아이들은 모를 터였다. 다니엘은 미자에게 그 어떤 눈치도 주지 않고 덤덤히 할 말을 했다.

"응, 맞아."

"미네소타 출신이라며?"

이링의 질문에 다니엘이 대답했다.

"부산에서 태어났는데 13개월 때 미국으로 입양됐어."

이 말에 소피가 입을 쫙 벌리고는 진심으로 부러워하는 표정으로 말했다.

"완전 좋겠다. 나도 은주가 날 입양했으면 좋겠는데."

"은주가 양부모 아니었어?"

미자가 대화에 끼어들자 소피가 답했다.

"아직은 아냐. 위탁모거든. 나는 너무 늙었으니까 우리 동생들이라도 얼른 입양해 줬음 좋겠어."

다니엘이 소피의 등을 토닥였다. 소피는 다니엘이 자기를 다독이든 말든 개의치 않고 자기 할 말을 했다.

"혹시 수리가 우리 팜도 입양한 거 아니었을까?"

"뭔 소리야?"

소피의 질문에 반응을 보인 쪽은 다니엘이었다. 다니엘답지 않게 신경질적인 말투였다. 소피는 다니엘의 말에 바로 만박했나.

"노래 가사에서 그랬잖아. 자기를 알아준 사람을 엄마라고 부르겠다고."

"수리를 엄마라고 부른다고 해서 수리가 팜을 법적으로 입양한 건 아닐 수 있잖아."

"다니엘, 넌 왜 갑자기 유식한 말을 쓰고 그러냐? 법적, 그건 또 뭔데?"

다니엘은 아버지가 변호사라 그런지 '법적'이라는 말을 자주 쓰곤 했다. 그러나 지금은 달랐다. 팜이 수리를 엄마라고 부른다는 데에 뭔가 불편한 감정을 느끼고 있는 것처럼 보였다. 누구라도 수리와 가깝게 지내는 걸 보면 다니엘은 유독 예민하게 변하곤 했다. 수리 얘기가 나오자 이링이 뭔가 생각난 듯이 말했다.

"잠깐, 팜이 그랬잖아. 유니온 멤버들도 〈드림캠프〉 출신이라고. 수리가 대표인데 왜 캠프 운영을 직접 했을까?"

이링은 답을 구한다는 눈으로 준호를 보았다. 준호라면 수리의 사연을 모르지 않을 테니 얘기해 달라는 요청의 눈빛이기도 했다. 준호가 아무 말도 하지 않자 이링은 팔짱이라도 낄 자세로 준호 곁에 바짝 붙었다. 그사이 지하철이 도착했다.

"얼른 타자."

준호가 아이들을 향해 손짓했고, 아이들은 준호를 따라 지하철을 탔다. 안에는 앉을 자리가 없었다. 구석진 곳에서 다섯 명이 옹기종기 서게 됐다. 이링은 준호의 팔을 잡아당기며 물었다.

"수리 얘기 좀 해 주세요. 대표가 왜 캠프 운영을 직접 하는 거예요?"

준호는 가방 지퍼를 열고 뭔가를 찾으려다 말고 사뭇 진지한 표정을 짓고는 입을 떼었다.

"수리한테 아이가 있었어."

"있었다면 지금은 없다는 말인가요?"

아이들 중에서 한국어가 가장 유창한 이링은 준호의 말을 지적했다. 준호는 긍정도 부정도 하지 않고 작은 목소리로 이야기를 시작했다.

수리는 오래전 아이를 잃었다. 사산된 아기를 낳은 것이다. 아이가 태어날 날만을 손꼽아 기다리던 수리는 무척 괴로워했다. 오랜 시간 동안 상실감으로 힘들어하던 중 한 여성이 수리에게 이런 말을 건넸다. 아이를 배 속으로만 낳는 게 아니라고. 가슴으로 아이를 낳는다면 너는 분명 그 아이의 '엄마'가 된다고. 자신에게 '엄마'라는 이름을 불러 준 그 어른의 말을 따라, 수리는 보호가 필요한 아이들의 후원자가 되었다고 했다. 한두 명을 후원하고, 관련 단체에 기부를 이어 가다가 기업을 키운 뒤에는 아이들을 위한 프로그램을 직접 만들어 운영하기도 했다고.

"수리가 이 얘길 준호 오빠한테 직접 했어요?"

준호의 인간관계에 유독 민감하게 반응하던 이링이 준호에게 물었다.

"나한테 직접 한 건 아니고, 미세스 킴한테 말했대."

"그 사람이 누군데요?"

호기심 어린 눈빛으로 질문하는 이링을 향해 준호는 부드럽게 미소를 지으며, 미세스 킴은 미네소타 한인 입양아를 위한 캠프의 운영자라고 했다.

"미국에 살았을 때, 고등학생 때부터 그 캠프에서 오랫동안 일했거든. 그분이 수리와 친분이 있었는데, 수리가 한국에서도 아이들을 위한 캠프 프로그램을 만들고 싶다고 하니까 나를 수리한테 소개했대. 내가 수리 일을 잘 도와줄 수 있을 거라고."

미세스 킴이라는 분은 준호에게 신신당부했다고 한다. 수리는 한국 입양아들을 위해 애쓰고 있고, 앞으로 더 큰 일을 할 사람이니 잘 도와주라고. 그분의 말을 따라 준호는 에스에스 815 기업의 미네소타 지역 인턴으로 수리의 사회사업을 물심양면으로 돕다가 서울 본사로까지 오게 됐다고 했다.

"수리가 남의 말을 잘 듣기도 하나 보네요. 보통 땐 자기 말만 하고 쓱 가 버리던데."

다니엘의 관심을 받는 수리가 괜히 탐탁지 않았던 미자가 삐딱한 투로 말했다.

"멘토가 필요했을 수 있잖아, 미자야."

준호가 부드러운 어조로 말하자 미자는 순간 무안해졌다. 준호는 그랬다. 상대가 아무리 삐딱하게 말해도 동일하게 대응하지 않고 오히려 더 따뜻하게 말했다. 언제라도 화를 낼 태세를 갖춘 앵그리 버드같이 눈썹을 치켜올리며 화내는 고객들을 상대하다 보니 미자는 대수롭지 않게 넘겨도 될 상대의 단점을 바늘처럼 콕 찍어 줄 준비를 했다. 태권도로 말하자면, 상대가 공격 태세임을 직감하고 주먹을 제 얼굴 앞으로 올리는 동작쯤 될 것이다. 미자가 잠시 자기반성을 하는 동안 준호를 빤히 바라보던 이링이 드디어 입을 열었다.

"이해 못 할 것도 없을 거 같아. 왜 있잖아, 되게 어른같이 보이는 사람한테는 다른 더 큰 어른이 필요하다는 거 말야. 지난번 짜장면 집에서도 봐봐. 우리 엄마가 짜장면 집 사장님한테 완전 애기같이 굴면서 별 얘기 다 했잖아. 우리 엄마, 보통 땐 안 그러거든. 그분도 수리한테 그런 사람이 아니었을까? 어른의 어른쯤 되는 사람."

미자는 이링의 말에 기꺼이 동의했다. 수리에게 미세스 킴은 멘토이자 어른의 어른이었을 것이다. 어른에게도 더 큰 어른이 필요할지 모른다. 한 인간에게 "다 컸다"라는 단언은 말도 안 되기 때문이다. 특히 어른이 아이에게 하는 "다 컸다"는 말은 자기 손이 안 가도 애들이 알아서 하니 덜 귀찮아졌다는 말과 동의어라 미자는 받아들였다(엄마가 자기에게 "다 컸다"라는 말을 하는 순간, 미자가 식당 일을 시작하게 되었다는 사실이 이를 증명했다). 그러나 말과는 달리, "다 컸다"라는 말을 들은 미자는 언제나 덜 자란 아이였고, 더 이상 크지도 않을 엄마는 어른 같지 않아 보일 때가 허다했다. 모르는 것투성이인 엄마에게 불평하면 엄마는 종종 이런 말을 했기 때문이다.

"나도 몰라. 애 처음 키워 보잖아. 나도 엄마는 처음이고, 다 처음이라고. 내가 뭘 알겠어?"

그럴 때마다 아무것도 할 줄 모르는 엄마가 한심해 보였다. "나도 몰라, 아무것도 모른다고. 누가 좀 알려 줬음 좋겠어"라는 나이에 어울리지 않는 투정은 어쩌면 엄마의 엄마, 이미자에 대한 그리움일지도 몰랐다. 엄마에겐 그런 사람이 필요했을 것이다. 내밀한 이야기를 할 수 있는 상대, 믿을 만한 대상, 고민거리가 있을 때 결정해 줄 수 있는 사람. 수리의 멘토인 미세스 킴을 떠올려 보니, 미자 엄마에게도 미세스 킴 같은 사람이 있었다면 엄마가 덜 힘들었을 수도 있었겠다는 생각이 스쳤다.

"수리, 알고 보면 그렇게 냉정한 사람 아냐."

"되게 싸가지 없어 보이던데."

소피가 말하자 준호는 어른한테는 그런 말을 쓰면 안 된다며 소피를 타일렀다. 소피의 표현이 좀 별로이긴 했지만 크게 틀린 말은 아니라고 미자는 공감했다. 준호는 수리에 대한 이야기를 이어 갔다.

"수리, 따뜻한 사람이야. 난 수리를 회사 대표로서도, 한 인간으로서도 존경해. 수리가 배로 낳은 아이를 잃었으니 이제는 가슴으로 낳은 아이들을 위해 살고 싶다는 말을 나한테도 직접 한 적이 있는데, 실제로도 수리는 그렇게 살고 있잖아. 말이랑 행동이 같은 사람은 세상에 그리 많지 않더라고. 나는 지금까지 그렇게 사는 사람은 수리밖에 못 봤다니까."

"나도 알아."

다니엘이 준호의 이야기에 끼어들자 아이들은 다니엘에게 눈길을 돌렸다. 다니엘은 말을 이었다.

"수리가 아이를 잃은 적이 있다는 말, 나도 들었어."

이링이 물었다.

"어디서 들었는데?"

"몇 년 전 미국 경제 신문에 인터뷰 기사가 난 걸 본 적이 있거든."

"너도 수리가 누군지 알고 〈드림캠프〉에 온 거야?"

소피가 캐묻자 다니엘이 잠시 주저하더니 이어 말했다.

"아니, 뭐. 그냥 신문으로만 봤으니까."

"어쨌든 알긴 알고 온 거네. 알고 보면 얘네들은 참 계획적이야."

소피는 미자와 다니엘을 손가락으로 번갈아 가리키고는 이죽거렸다. 미자의 눈길은 다니엘에게로 향했다. 다니엘의 시선은 아무것도 보이지 않는 지하철 차창을 향해 있었다. 검은 유리에 비친 제 모습을 멍하게 보던 다니엘이 입을 뗐다.

"수리가 이런 말도 했어."

"무슨 말?"

미자의 물음에 다니엘이 답했다.

"아이가 크는 모습을 못 보는 것이 가장 고통스러웠다고. 자기는 자기 아이가 어딘가에 살아 있을 거라 믿고 싶다고."

"죽었다며?"

죽었다는 말을 너무 쉽게 해 버린 소피의 말이 야속하

게 들렸지만 미자의 생각도 그와 다르지는 않았다. 소피는 한숨을 쉬듯 공기 반 소리 반의 목소리를 냈다.

"수리의 애기는 죽어서도 운이 좋네."

소피의 말에 이링이 물었다.

"무슨 말이야?"

"죽어서도 엄마가 그렇게 자기를 생각해 주니 말야. 제 자식이 버젓이 살아 있는데도 안 챙기는 부모가 얼마나 많은지 알아? 내 생모처럼."

소피가 말하자 이링이 반박했다.

"죽어서 운이 좋으면 뭐 해? 뭐가 되든 살아야지, 소피 넌 살았으니까 이미 이긴 거야."

"내가 누구한테 이겼는데?"

소피가 못 알아듣겠다는 듯 묻자 이링이 우기는 말투로 강하게 말했다.

"누구한테든. 끝까지 살아남는 게 이기는 거야. 준호 오빠, 내 말이 맞죠?"

이링이 준호에게 호응을 구하는 눈빛을 보냈다. 그 표정을 살피던 다니엘이 혼잣말처럼 물었다.

"수리는 자기 아이가 살아 있다고 믿고 있는 게 아닐까?"

다니엘의 말에 준호가 덧붙였다. 수리는 그런 자신의

믿음에 수없이 배신낭하고 상처받았다고 했다. 수리가 아이에 대한 말을 한 탓에 수리의 재산을 노리고 아이를 찾아 주겠다는 사람, 자기가 수리 아이라는 사람, 자기가 수리 아이를 기르고 있다는 사람들이 본사까지 찾아와 한바탕 난리를 친 적도 많았다고. 그 뒤로 수리는 인터뷰 자리를 만들지도 않았고, 혹시 자리가 생겼다 해도 아이 이야기는 절대 꺼내지 않았으며 누가 아이 이야기라도 하려 들면 대꾸도 하지 않았다고 했다. 평소보다 말이 길어진 준호가 지하철 안내 방송을 듣더니 화들짝 놀라 소리쳤다.

"이번 역이야. 내리자."

준호의 말에 아이들이 종합운동장역에서 내렸다. 경기 시작 한 시간 전인데도 인파가 몰렸다. 야구장 앞 무리에 섞인 아이들은 치킨과 햄버거, 피자를 든 인파를 신기한 듯 바라봤다. 다니엘은 바람결에 날리는 앞머리를 쓸어 올리고는 신기하다는 듯 말했다.

"이 사람들은 하루치 식량을 야구장에 다 갖고 온 거 같네."

"치킨 먹고 싶다."

소피가 옆에 있는 치킨집을 가리키며 말하고는 걸음을 멈추자 준호가 그를 향해 외쳤다.

"이쪽으로 와."

이링과 소피가 인파에 밀려 갈 길을 헤매고 있자 준호는 한 손을 번쩍 들어 아이들을 불러 모았다.

"우리도 치킨 좀 사야 하지 않을까요?"

소피가 입맛을 다시며 준호에게 물었다.

"자리에 앉은 다음에 배달시켜도 늦지 않아."

준호는 사람들이 들고 가는 치킨 상자에서 눈을 떼지 못하는 소피의 어깨를 두드리며 말했다. 미자는 그의 말을 믿기 어렵다는 듯, 한쪽 어깨를 으쓱해 보였다. 경기장으로 입장하며 주위를 두리번거렸다. 이렇게 복잡한 곳으로 치킨을 배달하는 직원이 있을까 싶어서였다. 그렇다면 이 길이 치킨이 오는 길이기도 할 터이니 입구부터 좌석까지를 천천히 눈으로 훑어 갔다. 그들은 부산팀 좌석에 앉았다. 경기장에서 그리 멀지 않은 좌석이었다. 앞에 세워진 스피커에서 울리는 소리 때문에 이링은 귀를 막았지만 미자는 경기와 공연을 모두 코앞에서 볼 수 있어 자리에 만족스러웠다.

경기 시작에 앞서 가수가 나와 애국가를 열창했다. 다니엘은 목소리를 높여 애국가를 따라 불렀다. 애국가 가사를 모두 외우는 다니엘을 미자는 신기한 듯 바라봤다. 미자는 애국가의 맨 마지막 소절만 알고 있었다. "대한사람 대헌으로 기리 보전하세." 여기서 '기리'는 잘 모르지만 '보전'은 안다. 한국 사람을 한국에 계속 가지고 있자, 라는 말이라고 이해했다. 미자는 애국가를 들을 때면 문득 떠오르곤 했다. 대한사람은 과연 누구일까? 대한사람을 대한으로 기리 보전하려면 어떻게 해야 하는가? 미자는 다니엘을 보았다. 이미자와 다니엘은 대한사람이었지만 지금은 아니다. '우리가 기리 보전되지 못한 까닭은 무엇일까?'라고 미자는 따져 보려다 말았다.

"이거 하나씩 받아."

준호가 주황색 비닐봉지를 하나씩 나눠 줬다.

"이게 뭐예요?"

이링의 물음에 준호는 비닐 봉투에 바람을 꽉 채워 끝을 묶어 보였다. 이링과 소피는 준호를 보고 따라했다. 다니엘은 미자에게 휴대폰을 보여 주며 오늘의 일정을 다시 알려 줬다.

"오늘 일정은 야구 경기 관람만 있대. 숙소로 들어가는 척하면서 지하철역으로 가면 돼. 어때, 내가 날을 잘 잡았지?"

다니엘이 작은 목소리로 미자 귀에 대고 말해서 미자는 간지러움을 느껴 한쪽 어깨를 으쓱해 보였다.

"야, 너희들은 왜 꽁냥꽁냥이야?"

"꽁냥꽁냥이 뭐야?"

다니엘이 묻자 소피가 다니엘의 비닐 끝을 묶으며 말했다.

"방금 너희들이 한 거 말야. 자기들끼리 좋아서 난리치는 거."

"야, 우리가 무슨 난리를 쳤다고 그래?"

"쳤어, 난리. 얼른 이 비닐이나 머리에 뒤집어써."

소피는 다니엘과 미자에게 비닐로 풍선 모양을 만들어 주었다. 부산팀 응원단은 양팔을 올려 흔들며 '부산 갈매기'를 외쳤다. 타자와 갈매기가 무슨 상관인지 미자는 도무지 알 길이 없었다. 부산 갈매기는 머리에 오렌지색 풍선을 단 모양이었고, 날개가 없어도 모두 날아갈 듯했다. 부산팀의 타자가 등장할 때마다 아저씨들은 화가 난 듯 소리쳤는데, 그들은 타자가 잘해도, 못해도 한결같이 화를 내고 있었다. 미자는 갑자기 조용해진 소피를 보았다. 소피는 이링과 함께 뭔가 속닥거리며 이야기를 하고 있었다.

"소피, 너도 지금 이링이랑 꽁냥꽁냥 하는 거야?"

"아, 뭐래요? 나는 이링이랑 중요한 대화를 하는 중이라고."

"뭐가 중요한데?"

"네가 다니엘이랑 한 비밀 얘기 알려 주면 나도 알려 줄게."

"다니엘이랑 무슨 비밀 얘기를 했다고 그래?"

"비밀이 아니라고? 그래, 그럼 나도 할 말 없어. 얼른 야구나, 아!"

소피가 허공을 향해 비명을 질렀다. 아이들은 모두 고개를 위로 들었다. 야구공이 길게 포물선을 그리며 그들을 향해 하강했고, 잠자리채를 휘두르는 사람 옆에 있던 소피는 자리에서 벌떡 일어서서 양팔을 쭉 뻗었다. 소피의 팔은 잠자리채보다 길어 보일 정도였다.

"꺄아악, 받았어!"

소피가 맨손으로 받아 낸 것은 부산의 4번 타자가 친 파울볼이었다. 소피는 야구장에서 유명 선수의 볼을 손으로 받는 건 세상에 둘도 없을 행운이니 죽을 때까지 간직하겠다며 흥분했다. 주변에서 갈매기가 된 부산팀을 응원하는 사람들이 힘껏 박수를 쳐 주었다. 전광판에는 야구공을 쥔 손을 힘껏 올려 보인 소피의 모습이 보였다. 전광판에 올라온 자기 얼굴을 본 소피는 흥을 주체하지 못하고 팔다리와 머리를 마구 흔들며 막춤을 추기 시작했고, 경기장의 함성은 더 커졌다.

경기가 막바지에 다다를 무렵 수리와 치킨이 도착했다.

그리고 그림자도 함께였다. 며칠 전 여자 숙소에 잘못 들어온 남자, 테오였다. 테오는 어김없이 오버사이즈의 검은 티셔츠와 검은 바지 차림이었다. 오후의 햇살을 잔뜩 받고 서 있는 테오는 여전히 길쭉하고 어두웠다.

"인사해, 이쪽은 테오."

수리가 테오를 아이들에게 소개시켰다. 테오는 손을 흔들다가 고개를 숙이며 인사를 건넸다. 고개를 숙이자 테오의 목덜미에 큰 점이 보였다. 미자는 테오의 검은 것에 자꾸 시선이 갔다. 테오는 아이들에게 들고 온 치킨을 건넸다.

소피와 이렁은 기다렸다는 듯이 치킨을 받아 들었다. 수리는 미자 옆의 빈자리와 다니엘의 빈자리를 번갈아 가며 보았다. 미자는 한 손에는 프라이드를, 다른 한 손에는 양념치킨을 들고 무엇을 먼저 먹을까 잠시 고민했다. 그사이 수리는 다니엘의 옆에 앉았다. 미자가 왼쪽으로 자리를 한 칸 이동해 주니 미자, 테오, 수리, 다니엘이 나란히 앉게 되었다. 미자는 양념치킨 다리를 들고 뜯었다. 다니엘은 수리를 보며 환하게 웃었다. 미자는 프라이드보다 매콤한 양념치킨이 더 좋았다. 미자는 닭다리 하나를 들고 다니엘에게 건네려 했는데 그사이 옆에 있는 테오와 눈이 마주쳤다. 미자는 테오에게 손에 쥐고 있던 닭다리를 내밀었다. 데오는 가볍게 미소를 지으며 거절했다.

"너 시카고에서 왔다면서?"

테오가 먼저 말을 걸었고, 미자는 고개를 끄덕였다.

"나도 중학교 때까지 시카고에 살았어."

미자는 테오의 말에 대꾸하지 않고 닭다리를 하나 들고 뜯었다.

"너희 집 식당 하지?"

"어떻게 알았냐?"

"뭐, 오다 가다 들었어."

"응. 식당, 맞아. 주메뉴는 돼지 갈빈데, 최근엔 닭갈비도 시작했어."

"그래? 나, 갈비 좋아하는데."

미자는 테오의 말에 너, 갈비 안 좋아하게 생겼어, 라고 말할 뻔했다. 적어도 두 명 이상의 일행과 함께 불판에서 천천히 익어 가는 갈비를 먹으러 오는 사람들은 대체적으로 시끌벅적하게 사람들과 어울리길 좋아했다. 테오처럼 홀로 그림자같이 슥, 지나가 버리는 이들은 없다고 미자는 자신 있게 말할 수 있었다. 다니엘이라면 갈비를 좋아하고도 남을 사람이었다. 미자는 수리와 다니엘에게로 눈길이 갔다. 닭뼈를 들고 다니엘 쪽을 보고 있는 미자에게 테오가 또 말을 걸었다.

"거기 갈 거야?"

"어디?"

"JS 연구소."

미자는 테오의 입에서 나온 말을 믿기 어려워 입만 벌린 채 대답하지 못했다. 테오는 다시 한번 말했다.

"진심 연구소."

미자는 들고 있던 닭뼈를 떨어뜨렸다. 그러고는 닭뼈를 집던 손으로 테오의 입을 막았다.

"좀 조용히 하라고."

안 되겠다 싶었는지 미자는 테오를 끌고 경기장 밖으로 나갔다. 소란스러운 경기장 한쪽 출구 앞에서 미자는 다급한 음성으로 물었다.

"어떻게 알았어?"

"들었지."

"어디서?"

"유니온 기획사 간 날."

"거기 있었어?"

미자의 말에 테오는 고개를 끄덕였다. 수리와의 약속으로 그곳에 가게 됐다는 말도 덧붙였는데 이 그림자 같은 아이는 미자를 진짜 그림자처럼 따라다니고 있었다.

"수리한테 말하면 죽는다."

테오는 입꼬리를 한쪽으로 올리며 장난기 가득한 표정을 지었다.

"내 말 안 들려? 말하면 죽는다고."

"내가 왜 너한테 죽어야 하는데?"

"몰라서 물어? 몰래 하는 일이잖아."

"몰래 해야 하는 일을 알린 건 너잖아."

"난 몰래 했어. 네가 거기 있었을 뿐이고."

"조심했어야지."

테오는 한마디도 지지 않고 미자에게 대꾸했다. 틀린 말은 없었지만 모든 말이 거슬렸다. 미자는 테오를 노려보는 것 이외에는 방법이 없는 포기 상태에 다다르자 짜증이 밀려왔다. 순간, 테오가 미자의 한쪽 팔목을 잡았다.

"조건이 있어."

테오의 말에 미자는 자신의 팔을 잡고 있는 테오의 손을 보았다. 테오는 손을 놓지 않고 말을 이었다.

"3회 쿠폰."

"뭔 소리야?"

"두 시간 이상 3회, 나랑 시간을 좀 보내 달라는 말이지."

미자는 테오의 눈을 뚫어져라 보았다. 놀란 눈으로 그

에게 욕하는 중이기도 했다.

"도움이 필요해서 그래."

"쿠폰 내용은 뭔데? '무료 갈비' 이런 건 절대 안 된다."

그 말에 테오는 푸핫, 소리 내어 웃었다. 미자는 그 말이 그렇게 웃을 일인가 의아했다. 테오는 목소리를 가다듬고 말했다.

"그런 거 아냐."

"그럼 뭔데?"

"1회 만남이 성사되면 알려 줄게."

"뭐야? 밀당이야?"

"밀당 아니지. 난 너랑 사귈 마음이 없는데."

"밀당이 뭐, 꼭 사귈 마음이 있어야, 뭐 그렇게, 해고 그냐?"

당황한 미자는 부정확한 말을 쏟아 냈다. 미자는 제 입을 찢어 버리고 싶은 심정이 되었다. 테오가 푸풋, 소리 내어 웃고는 미자에게 말했다.

"내 이름 알지?"

"알아."

미자는 짜증스럽다는 말투로 대꾸했다.

"진짜 알아?"

"테오."

"성은?"

"성도 알아야 돼?"

"알아야 하는 건 아니지만 알려 줄게. 마 씨, 마테오."

"마 씨라서 마테오? 이름도 되게 신성하시네."

"비꼬는 거야?"

"네 맘대로 생각해."

"근데 너, 왜 자꾸 나한테 '너'라 그러면서 반말하는데?"

"그럼 너를 너라 부르지 '유(you)'라고 해야 돼?"

미자는 제가 말해 놓고는 유치했다 싶어 아이씨, 라는 말이 나올 뻔했고, 그사이 테오는 주머니에서 주섬주섬 뭔가를 꺼내 보였다. 여권이었다. 미자는 여권 쪽을 향해 고개를 빼고 그걸 보았다.

"오늘 새로 발급받은 거야. 생년월일 봐봐. 내가 너보다 두 살 많잖아."

"그래서?"

"날 '너'라고 부르는 건 맞지 않다는 거지."

"그럼 내가 뭐라 불러야 하는데."

"오빠."

미자는 '오빠'라는 말에 있지도 않은 닭뼈를 테오 얼굴에 던지는 시늉을 했다. 테오가 씩 웃으며 펼쳤던 여권을 접자 표지의 '대한민국' 네 글자가 유독 반짝였다. 미자는 사뭇 놀라 테오에게 물었다.

"너 한국 사람이었어?"

"왜 과거형으로 말하냐? 난 지금도 한국 사람이야. 앞
으로도 한국 사람일 거고."

여권을 다시 주머니에 찔러 넣은 테오는 미자에게 말
했다.

"다시 우리 얘기로 돌아오자면."

테오의 말에 미자는 다시 긴장했다.

"난 오늘 네가 어디 갈 건지 모르는 거고, 넌 날 도와주
는 거다, 딜?"

미자는 한숨을 쉬었다. 알아서는 안 되는 일을 제대로
숨기지 못한 자신을 탓하는 수밖에 없었고 현재로서는
이름만 신성한 마테오의 제안을 따르는 일이 최선으로
여겨졌다. 미자는 내키지 않는다는 표정으로 고개를 끄덕
였다.

"미자야."

둘을 따라 나온 다니엘이 자기 이름을 부를 때까지 미
자는 테오가 자신의 한쪽 팔에서 손을 떼지 않았다는 걸
의식하지 못했다. 미자는 테오의 손을 뿌리치고 다니엘에
게 손을 흔들어 보였다.

"뭐 해?"

다니엘이 테오를 위아래로 훑어보며 물었다.

"응, 별거 아냐. 이 애도 시카고에서 왔다고 해서 같이 얘기 좀 했어."

"나, 애 아니야. 대학생인데."

테오는 자신이 〈드림캠프〉 참가자와 다르다는 걸 확인하려는 듯 '대학생'에 강세를 주어 말했다. 그 말에 다니엘이, "대학생이라도 애같이 보이면 그렇게 불릴 수 있지"라며 쏘아붙이듯 말했다. 평소의 다니엘답지 않은 말투였다. 악수하는 두 사람의 손바닥에서 눈동자까지 단단하고 강렬한 힘이 흐르는 것이 미자의 눈에 보였다.

수리가 아이들 쪽으로 오더니 테오와 함께 먼저 가 보겠다고 했다. 다니엘은 테오와 수리의 뒷모습에서 눈을 떼지 못했다. 멀리 사라져 가는 두 사람을 다니엘은 눈으로도 잡을 수 없어 보였다.

준호는 아이들을 인솔해서 야구장 밖으로 나갔다. 야구장 앞에 아이들이 다 모이자 소피는 손바닥만 한 휴대용 선풍기에 얼굴을 돌려 가며 준호를 향해 소리쳤다.

"이제 가도 돼요?"

준호는 망설이며 아무런 반응을 보이지 않았다. 다니엘은 준호 곁으로 갔다. 두 사람은 이야기를 나누었다. 틈만 나면 준호를 찾는 다니엘이 미자는 마뜩잖았다.

"이제 숙소로 갑니다."

다니엘과 이야기를 하던 준호는 이 한마디로 오늘을 마무리하려 했다. 준호와 또다시 이야기를 나누던 다니엘이 언제 따라왔는지 뒤에서 미자의 한쪽 어깨를 잡으며 물었다.

"잊지 않았지?"

다니엘의 말에 미자는 고개를 끄덕였다. 다니엘과 함께 계단을 내려가는 발걸음에 속도가 붙었다.

*

미자와 다니엘은 에스에스 815역에서 지하철을 타고 변길수의 JS 연구소, 일명 진심 연구소가 있는 역으로 향했다.

"문제 안 되겠지?"

"괜찮아. 두 시간 안에 얼른 갔다 오면 돼."

다니엘은 조금은 불안에 떠는 미자의 손을 꼭 잡아 주었다. 땀으로 가득 찬 손을 다니엘과 마주 잡으니 더 땀이 났다. 그래도 미자는 다니엘의 손을 놓을 수 없었다. 미자는 뒤를 돌아보았다. 아까부터 누군가가 그들을 따라오고 있다는 불안감을 떨치기 어려워서였다. 그러한 불안은 지하철에 올라탄 후에도 계속되었다. 이 복잡한 심정이 드디어 변길수를 만난다는 사실 때문인지 정말로 누군가가 미자의 뒤를 밟고 있기 때문인지 가늠하기 어려웠다. 어쨌든 이 모든 복잡한 일들이 변길수 때문인 것만은 부정할 수 없었다.

오래전 시카고에 살던 변길수는 박사학위 논문을 준비하던 유학생이었고, 한인타운 무지개 떡집에서 떡판을 나르던 알바생이었다. '미자 갈비'는 돼지 갈비에 주력하다가 닭갈비 메뉴를 추가하며 무지개 떡집에서 가래떡을 받기 시작했다. 떡집에서 갈비집으로 떡판을 나르던 변길수는 미자의 엄마와 가까워졌다. 몇 해 후, 시카고 모 대학에서 박사학위를 받은 변길수는 미자 엄마에게 청혼했다.

청혼한 그날 저녁, 변길수는 무지개 떡집 사장님의 금고를 털어 도망갔다. 물론 미자 엄마 돈도 들고 갔다. 미자의 대학 등록금이자 엄마와 고모가 갈비 불판을 닦으며 손가락 마디마디 굳은살이 박히도록 번 돈이 모두 변길수 손에 들어간 것이다. 미자는 변길수를 만나서 그 돈을 다 내놓으라고 할 심사였다. 가진 돈이 없다면 갖고 있는 걸 다 팔아서라도 갚으라고 할 것이었다.

드디어 목적지에 도착했다. 미자는 가슴을 부풀려 숨을

크게 쉬고 연구소 건물 앞에 섰다. 연구소는 제법 높아 보였고 신축한 지 얼마 안 되어 보였다. 지하철역에서 멀지 않고 퇴근 시간이 지나서였는지 인파가 많지 않았다. 미자와 다니엘이 굳게 닫힌 철문 앞을 기웃거리니 경비원으로 보이는 중년 남자가 다가왔다.

"누구 찾으십니까?"

"변길수 선생님, 아니 대표님을 찾아러 왔어요."

긴장한 듯 보이는 다니엘이 '찾아러'라는 부정확한 말로 남자에게 말을 건네자 그가 되물었다.

"누구?"

미자가 또박또박 한 글자씩 강하게 발음하며 대답했다.

"변길수 대표님이요."

"그런 사람 없어."

"아니, 맞는데."

미자가 남자와 이야기를 주고받는 사이 다니엘은 철문 안쪽을 유심히 들여다보았다. 남자는 귀찮다는 듯 말했다.

"그렇지 않아도 변길수 찾는 사람들이 요 며칠 자주 와서 귀찮아 죽겠어."

"여기 과자, 젤리 뭐 그런 거 만드는 회사 아니에요?"

다니엘이 묻자 남자는 목소리를 높여 말했다.

"과자? 여긴 화장품 회사야."

"화장품이라고요?"

미자는 놀란 목소리로 물었다. 변길수의 주력 상품은 화장품이 아니라 젤리다. 왜 하필 변길수는 자신을 화장품 회사 연구소 대표라고 했을까. 미자는 도리질을 치고는 남자 앞으로 다가섰다.

"오늘 만나기로 약속했어요. 그리고 여기 명함도 있어요."

미자가 다급하게 주머니에서 변길수의 명함을 꺼냈다. JS 연구소장 변길수라 찍힌 명함이었다.

"그러니까 이 명함 내밀면서 변길순지 뭔지 하는 인간 찾는 사람들이 학생 말고 더 있었다고. 그 사람은 여기 대표도 아니고, 여기 있지도 않아."

"없다고요? 그럼 어디 있는데요?"

"그걸 내가 아나? 학생들, 얼른 가요."

남자는 미자와 다니엘을 내쫓기라도 할 심사로 나가라는 손짓을 보였다. 뒷걸음치던 미자는 다리에 힘이 풀렸다. 더 이상 아무 말도 할 수 없었다. 다니엘이 옆에서 미자의 한쪽 어깨를 지그시 눌렀다. 다니엘은 온몸을 바르르 떠는 미자를 건물 옆 벤치에 앉혔다.

"개새끼."

미자는 욕설을 뱉어도 속이 시원해지지 않았다. 개새끼, 다시 한번 욕을 뱉어 냈다. 그러고는 고개를 푹 숙였다. 다니엘은 고개를 숙여 미자를 보았다. 그의 시선이 느껴졌던 미자는 다니엘을 향해 고개를 돌렸다.

"미자야."

미자는 그의 말이 들리지 않았다. 새 울음 소리만 귓전에 울릴 뿐이었다. 새들이 우는 소리가 시바시바로 들렸다.

"잠깐."

정적을 깬 다니엘의 목소리에 미자는 손으로 마른세수를 하다 말고 다니엘을 보았다. 다니엘은 기다렸다는 듯이 입을 열었다.

"가자."

"어딜?"

"분명 사무실로 오라고 했어."

여기 오기 전에 변길수와 다시 한번 통화를 했는데 변길수가 오늘 저녁 여덟 시에 자기 사무실로 오라고 했다고, 다니엘이 확신에 찬 목소리로 말했다.

"나에게 분명히 오라고 했어. 전해 주고 싶은 게 있다면서."

"뭘 준다고 했는데?"

"사샤와 관련된 자료라고 했어."

"샤샤?"

"시간 없어. 얼른 가자."

다니엘은 미자에게 얼른 일어나라는 손짓을 했다. 다니
엘은 달리기 시작했고, 미자도 함께 달렸다.

"D동. 저 건물 9층으로 가면 돼."

건물은 ㄷ자 모양이었고 엘리베이터는 문을 제외하면
삼면이 통유리로 되어 있었다. 보안 문제로 출입구를 통
제해 놨기에 미자와 다니엘은 안으로 들어갈 수 없었다.
다니엘은 반대쪽으로 고개를 돌렸다. 출입문을 수리하는
사람이 보였고 문은 열려 있었다. 다니엘과 미자는 아무
렇지도 않은 척 그 안으로 몸을 밀어 넣었다.

일 층에서 엘리베이터를 타고 올라가던 중 미자는 9층
에 가기 전에 검은 옷을 입은 남성을 보았다. 봤다기보다
는 두 사람의 눈이 마주쳤다.

"저깄다! 변길수."

미자는 재빨리 7층, 8층 버튼을 눌렀지만 소용없었다.
9층에서 엘리베이터 문이 열렸다.

"뛰어."

미자와 다니엘은 엘리베이터 왼쪽에 보이는 비상계단
으로 뛰었다. '아까, 몇 층에서 봤더라', 미자는 기억을 더

듣었지만 소용없는 일이었다.

"8층부터 가 보자."

미자는 8층 비상계단 입구에서 남자와 마주쳤다. 남자는 미자를 밀치고 7층, 6층, 5층 전속력을 다해 계단을 내려갔다. "거기 서!" 미자가 소리쳤고 남자는 불안한 시선으로 뒤를 보며 달렸다. 미자가 점점 더 가까이 다가가 남자를 향해 가방을 던지자 픽, 소리와 함께 비명이 들렸다. 미자는 빠른 속도로 계단을 내려가 남자의 팔을 잡아당기며 말했다.

"어딜 가려고?"

남자는 가쁜 숨을 몰아쉬며 돌아봤고, 미자는 온 힘을 다해 남자의 멱살을 끌어당겼다.

"만날 사람은 만나고 가야지."

미자가 숨을 헐떡이는 남자에게 말했다. 이글거리는 미자의 눈빛을 마주한 남자가 애원하듯 외쳤다.

"미자야, 제발, 제발."

미자는 들은 척도 하지 않고 변길수의 셔츠를 더 세게 부여잡았다.

"미자야, 있잖아. 지금 너무 아픈데, 잠깐 이것 좀 놓고 얘기하자."

"너 같으면 놓겠어?"

"미자, 진정해."

다니엘이 미자의 팔을 잡지 않았더라면 미자는 주먹으로 변길수의 머리통을 내리쳤을 것이다.

"내가 너 찾으려고 진짜!"

"오면 온다고 연락을 미리 하지 그랬어."

"연락 같은 소리 하네. 시끄럽고, 빨리 돈이나 내놔."

"무슨 돈?"

변길수는 왼쪽 발목을 부여잡고 앉아 보려 애쓰며 말했다.

"무슨 돈? 이 인간이 끝까지."

"그니까 무슨 돈이냐고?"

"네가 우리 엄마 돈 갖고 도망갔잖아, 이 개새끼야."

미자는 다니엘 앞에서 너무 험한 말을 썼다는 생각이 스쳤지만 그래도 '개새끼'를 다시 주워 담을 수는 없었다.

"어른한테 그게 무슨 말버릇이야? 엄마가 그렇게 가르치던?"

길수는 길에서 담배 피우는 중학생을 꾸짖듯 떽, 소리라도 낼 기세였다. 이럴 때 쓰는 말이 뭐였더라, 자주 들었던 한국 속담 하나가 맴돌았다. 똥 싼 놈이 화낸다, 방귀 뀐 놈이 똥 싼다, 뭐였더라. 이 와중에 똥똥거리다가 변길수 앞에서 부정확한 한국어로 그를 웃게 할 수는 없어서 미자는 속담 같은 유식한 말은 하지 않기로 했다. 대신 단도직입적으로, 그리고 영어로 말하기 시작했다. 영어로 말하면 자신이 길수보다 훨씬 똑똑해 보일 거라 믿었기 때문이었다.

"엄마가 안 가르쳐 줬어. 너 같은 인간 만나고 나 혼자 배운 거다."

"하라는 공부는 안 하고 맨날 드라마나 보니까 말이 그 모양이잖냐."

"네가 뭔데 내 한국말 갖고 지적질이야? 쓸데없는 소리 하지 말고 돈 내놔. 우리 엄마 돈 갖고 도망간 거 내가 모를 줄 알아?"

"돈은 정희가 나한테 준 거야. 사업 자금에 쓰라고."

"그걸 지금 나한테 믿으라는 거야?"

"맞다니까. 정희가 나한테…."

"그 돼지 같은 입으로 우리 엄마 이름 부르지 마."

"미자야, 네가 아직 어려서 잘 모르나 본데. 나랑 네 엄마는 말이지. 그러니까 우리는…."

"네가 우리 엄마랑 왜 우리야, 왜 우리냐고?"

미자는 변길수 앞에 주저앉아 소리쳤다. 앞에 놓인 변길수의 구두 한 짝은 아래로 던져 버렸다. 미자는 자신의 행동이 마루에 통깨를 쏟아 붓는 다섯 살 아이와 다를 바없디고 생각했지만 잎뒤가 꽉 박힌 느넘봉 안에 갇힌 고양이 같은 자신을 어찌할 도리가 없었다. 그런 미자를 보던 변길수는 난감하다는 듯 크게 한숨을 내쉬고는 다니엘을 향해 몸을 돌리고 물었다.

"그쪽이 혼자 온다고 하지 않았어? 샤샤 특허권 문제로, 근데 그쪽도 학생 아닌가?"

"변길수님, 그건 나중에 얘기하죠."

"웬 변길수님? 님이 아니라 놈이야, 이 도둑놈은."

미자는 다니엘에게 괜히 소리를 질러 버렸다.

"미자야, 내가 왜 도둑놈이니?"

변길수가 다리를 절뚝거리며 일어나 손바닥으로 셔츠를 털며 말했다.

"도둑놈 아니면, 왜 나랑 눈 마주치자마자 도망갔는데?"

"그거야, 우리가 다시 만나면 또 괜히 어색하고 그럴 수도 있고."

"길수, 잘 들어. 난 우리 엄마 위해서라면 뭐든 다 해. 다른 건 몰라도, 그러니까 네가 우리 엄마 돈, 내 대학 등록금 떼어먹고 간 것도 열받지만 더 화가 나는 건, 너 같은 돼지 같은 새끼가 우리 엄마한테 상처 준 거야. 엄마는 진짜 너랑 결혼할 거라 생각했고, 아, 씨발, 너 같은 인간이랑 우리 엄마가."

주체할 수 없는 감정이 솟구쳐 목소리가 점점 더 커졌다. 비상구가 좁은 탓에 미자의 울음이 확성기에 대고 소리치는 양 크고 굵게 울렸다.

"정희랑 나는 결혼 못 해. 아니, 안 해."

"네가 뭔데 우리 엄마랑 결혼을 한다 만다 그래?"

"내가 아니라 정희가 안 한다고 했다고. 미자 네가 다 클 때까지는 자기가 옆에 있어야 하니까 같이 한국에 가기 어렵다고, 거절은 정희가 먼저 한 거야. 진짜 나, 아냐."

미자가 길수를 째려보자 길수는 미자를 타이르듯 말했다.

"정희한테는 미자 너밖에 없어."

미자는 변길수를 노려보았다. 변길수는 입을 앞으로 쭉 내밀며 우쭈쭈, 라는 말이라도 내뱉을 듯이 미자를 어르며 가까이 다가왔다. 그러더니 미자의 팔을 강하게 움켜쥐었다. 미자는 꼼짝없이 변길수에게 잡힌 꼴이 되었다. 팔을 풀어 보려고 몸부림쳤지만 변길수의 강한 힘을 이겨 낼 방도가 없었다.

"이게 어디서 어른한테 까불고 있어?"

다니엘이 변길수를 막아서려 움직이자 변길수는 뒤통수에도 눈이 달렸다는 듯이 다리를 뒤로 빼서 다니엘의 정강이를 찼다. 다니엘은 깽깽이걸음으로 움직여 보려다 그 자리에 주저앉아 버렸고, 미자는 길수가 세게 잡는 통에 소리만 질렀다. 그때였다. 하늘에서 야구공이 날아왔다. 야구공에 정수리를 맞은 변길수는 짧은 비명을 내뱉고 자리에서 쓰러졌다.

"미자야, 괜찮아?"

메아리 같은 외침과 함께 계단을 따라 내려온 사람은 소피였다. 이링도 그 뒤를 따랐다. 미자는 소피와 이링을 보니 뭔가 울컥, 하는 감정이 솟구쳤다. 너희들이 여기 웬일이냐고, 여길 어떻게 알고 왔느냐고 물을 새도 없었다.

"안 다쳤어?"

소피는 미자에게 다가와 손을 잡고 몸 구석구석을 살폈다. 소피는 거친 숨을 내뱉었다. 미자를 진심으로 걱정하는 얼굴이었고, 그 모습을 보는 순간 미자는 어린아이처럼 울음을 터뜨렸다.

"야, 이갈비, 정신 차려. 지금 울 때가 아니라고. 얼른 이 남자부터 묶어."

"묶을 게 없는데."

다니엘이 기절해 쓰러진 변길수를 질질 끌어 구석에 옮겨 놓고 손을 털며 말했다.

"진짜 죽었으면 어쩌지?"

이링이 조심스럽게 변길수에게 다가가며 혼잣말처럼 중얼거렸다. 손가락을 들어 변길수의 콧구멍 아래 대며 죽지는 않은 거 같다며 안도의 한숨을 내쉬었다.

"이링, 저기 야구공 좀 챙겨 줘. 저 아저씨보다 야구공이 더 중요하다고."

소피가 이링을 향해 다급한 목소리로 말했다.

"그런데 너희들은 어떻게 알고 여기까지 왔어? 우리 따라온 거야?"

다니엘이 묻자 이링이 야구공을 손에 쥔 채 답했다.

"미행했지."

"미행, 뭐야?"

"하여튼 그런 게 있어. 이 사람 이제 어떻게 할 거야?"

이링은 다니엘에게 미행이라는 한국어를 가르치는 대신 변길수를 처리할 방법을 물었다.

"여기다 그냥 둘 순 없잖아."

소피의 말에 미자가 목소리를 높였다.

"가만두면 안 돼. 끌고 가서 돈 받아 내야 돼."

"돈? 아니, 우선 어디로 끌고 갈 건데?"

소피가 손부채로 붉어진 얼굴을 부치며 묻자 미자는 다급한 목소리로 말했다.

"일단 1층으로 데리고 내려가자."

"1층에 가서는?"

"여기 둘 순 없으니까 일단 건물 밖으로 나가야지."

이링의 물음에 미자는 변길수의 두 다리를 잡고 말했다. 1층에 내려가니 경비 아저씨가 아이들 네 명이 변길수의 팔다리를 끌고 내려오는 모습을 놀란 듯 바라보았다. 변길수를 현관 앞에 내려놓고 숨을 헐떡이던 미자는 경비 아저씨에게 자초지종을 설명했다.

이 사람이 변길수인데, 미국에서 우리 엄마 돈을 갖고 한국으로 도망쳐 온 인간이다. 아이구, 썩을 놈이네. 이 사람을 끌고 가서 돈을 받아 내야 한다. 그럼, 그래야지. 이 사람이 도망갈까 봐 걱정이 되는데 어떻게 하면 좋을지 모르겠다. 그럼, 도망 못 가게 꽁꽁 묶어 놔야지, 라고 하면서 아저씨는 사무실에서 노끈 뭉치와 가위를 갖고 왔다.

소피와 이링은 다리를, 다니엘과 미자는 팔을 묶었고, 온몸이 꽁꽁 묶인 변길수를 경비실 구석에 놓았다.

"죄송하지만 잠시만 이 사람을 여기 둬도 될까요?"

"변길수 이 사람 때문에 나도 엄청 골치 아팠다고. 이렇게 내 앞에서 꼼짝 못 하게 하니 나도 속이 시원하네. 근데 학생들은 이 사람 여기 두고 갈 거야?"

"아뇨, 저기 벤치에서 잠깐 같이 얘기 좀 하고 다시 올겠습니다.”

다니엘이 ‘올겠습니다’라고 부정확하지만 예의 바르게 말하고는 아이들과 함께 건물 앞에 있는 벤치로 향했다.

“너희들, 어떻게 된 일이야?”

소피가 다그치듯 물었다. 그러나 정작 대답을 한 쪽은 소피였다. 야구장에서 다니엘과 미자 둘이 나누는 이야기가 심상치 않았고, 사실은 둘이 몰래 연애하느라 숙소 밖을 빠져나간다고 생각해서 이링이랑 같이 뒤따라가 보기로 했다는 거였다.

“이렇게 너희들이 범죄 스릴러 작전 같은 걸 짜는 줄 알았다면 안 따라왔어.”

소피는 나무라는 투로 미자에게 말했다.

“그러니까 저기 쓰러진 아저씨가 미자 엄마 돈 갖고 간 도둑놈이라는 거지?”

이링이 묻자 미자는 고개를 숙인 채 끄덕였다.

“너, 저 사람 잡으려고 〈드림캠프〉에 온 거야?”

이링의 계속된 질문에 미자는 양손으로 마른세수를 할 뿐이었다. 소피는 다니엘의 팔을 툭, 치며 물었다.

“다니엘 넌? 미자 도와주려고 온 거고?”

다니엘은 고개를 끄덕였다.

“치사하게 이런 걸 왜 우리한테 얘기 안 했어? 이 배신자들."

"배신자, 뭐야?"

다니엘이 묻자 소피가 소리쳤다.

"You, betrayers."

"우리 비트레이어즈(betrayers) 아니야."

"우리 둘만 쏙 빼고 비밀 꿍냥꿍냥 하면 그게 배신자 아니면 뭐냐?"

소피가 배신자라는 말을 꺼내며 공격적으로 말을 쏟아붓자 다니엘도 목소리를 높였다.

"이건 진짜 비밀이 아니라고. 그리고 비밀은…."

다니엘이 뭔가 말을 하려고 입을 달싹이던 순간 경비 아저씨가 다급한 음성으로 아이들을 불렀다.

"학생들, 어서 와 봐. 이 사람 깨어났어."

변길수가 깨어났다는 말에 아이들은 누가 먼저랄 것도 없이 부리나케 경비실로 달려갔다. 미자가 먼저 문을 열고 들어갔다. 변길수는 잠꼬대라도 하는 듯 웅얼거렸다.

"야, 얼른 일어나. 내 돈 내놔."

"저기, 미자야, 지금은 돈보단."

다니엘이 흥분한 미자를 다독였다. 일단 이 사람 정신 차릴 때까지 기다려 보자며 이링도 옆에서 거들었다.

"나, 정신 있어."

변길수는 여전히 잠꼬대 같은 말을 내뱉었다.

"너희들, 날 이렇게 해 놨다 이거지? 싹 다 경찰에 신고해 버려야겠어. 저, 여기요, 경찰에 신고 좀 해 주세요."

변길수는 눈을 게슴츠레하게 뜨고 경비 아저씨에게 애원하듯 말했다.

"아직도 상황 파악이 안 됩니까? 경찰에 신고해야 할 사람은 그쪽이 아니라 여기 이 학생들이에요."

경비 아저씨도 우리 편이라는 생각에 미자는 안심했다. 하지만 아저씨의 냉정한 말에 다시 정신이 들었다.

"학생들, 이제 어쩔 셈이에요? 이 사람이랑 경찰서 갈래요, 아니면 부모님 불러 올래요?"

부모님이라는 말에 네 아이는 서로 얼굴을 마주 보았다. 네 명 중 부모님을 부를 수 있는 사람은 없었다. 아이들이 대답을 않자 경비 아저씨는 엄마, 아빠 오라고 해야지, 라는 말을 반복했다. 미자, 다니엘, 소피, 이링은 여전히 입을 열지 못했다. 외국인이라서만은 아니었다. 이 아이들은 자기가 살던 나라에서조차 엄마나 아빠, 엄마와 아빠 모두 부르기 어려울 수 있었다. 어색한 침묵을 뚫고 이링이 조심스럽게 물었다.

"경찰서에 가면 우린 뭐라고 해야 하죠?"

"뭐라고 하긴. 사기 사건 얘기해야지. 이런 인간은 콩밥을 먹여야 돼."

"콩밥 왜 줘요? 밥 주면 안 돼요."

미자가 목소리를 높이자 아저씨는 뭔가 설명을 하려고
했다.

"아니, 내 말은 그게 아니라, 거 뭐라고 해야 하나."

아저씨는 변길수와 아이들을 번갈아 보며 입을 달싹였
다. 뭔가를 말하려는데 아이들이 잘 이해하지 못하는 기
색을 읽고 조금은 난감해하는 것 같았다.

"저랑 얘기하시겠어요?"

한국어를 잘 알아듣지 못하는 아이들을 대신해 이링이
나서서 아저씨와 사무실 밖으로 나갔다. 이링은 아저씨의
얘기를 집중해서 듣는 표정이었고, 네, 그렇죠, 그렇게 할
게요, 라고 말하고는 휴대전화로 어딘가에 연락했다. 잠
시 후 안으로 들어온 이링은 아이들에게 상황을 정리해
주었다.

"방금 준호한테 연락했어. 준호가 우리를 데리러 올 거
야."

"야, 준호가 알면 안 되잖아."

미자의 말에 이링은 침착하게 대답했다.

"지금 선택지가 없어. 우린 모두 미성년자에 외국인인
데 이 아저씨 끌고 경찰서 가서 뭘 어떻게 할 수 있겠어?

준호 오빠에게 도움을 먼저 청하는 게 우선이야. 준호 오빠가 오려면 삼십 분 정도는 걸린다니까 밖에서 기다리자."

이링은 제법 언니답게 아이들을 데리고 사무실 밖으로 나갔다. 그러고는 다시 사무실로 들어가 아저씨에게 뭔가를 말했다. 아저씨는 고개를 끄덕이더니 노끈을 길게 자르기 시작했다. 곧이어 변길수가 몸부림치며 괴성을 지르는 소리가 들렸다.

아이들은 벤치에 다시 앉았다. 소피가 다니엘 쪽으로 몸을 틀고 물었다.

"다니엘, 비밀부터 다시 얘기해 봐."

비밀이라는 말에 미자는 눈을 더 크게 떴다. 다니엘의 비밀이라면 미자가 먼저 알아야 했다는 생각이 앞섰다. 다니엘이 한숨을 크게 쉬고 나지막하게 말했다.

"처음 본 순간, 알았어."

아이들은 모두 놀란 눈으로 다니엘과 미자를 번갈아 보았다. 이링은 손으로 입을 막으며 어머, 낭만적이야, 라고 중얼거렸다. 다니엘은 잠시 말을 멈췄다. 입을 굳게 다문 다니엘은 정말 무언가 결심한 듯 했고, 절실해 보였다.

"수리 말야. 시카고에서 봤을 때 알아봤어."

이링은 눈을 동그랗게 뜨고 수리? 라고 되물었다.

다니엘은 뭔가 망설이는 듯하더니 어렵게 입을 떼었다.

"엄마야."

"콰(quoi)? 아니, 뭐라고?"

놀란 소피의 입에서 콰(quoi)라는 프랑스어가 튀어나왔고, 이링도 놀라 제 귀를 의심한다는 듯이 물었다.

"아니, 엄마라니?"

다니엘은 침착한 어조로 말했다.

"birth mother."

"생모?"

놀란 듯 이링이 되물었고, 미자는 그 말에 안심했다. 수리가 다니엘의 엄마라는 사실은 다행 중 최고의 다행이라 여겨졌다. 그래야 다니엘이 수리를 졸졸 따라다니고 수리에게서 눈을 떼지 못한 이유가 납득이 되어서였다. 그러나 지금은 미자의 마음이 중요한 게 아니라는 걸 알았다. 이내 미자는 목소리를 가다듬고 제법 어른처럼 굴려고 애쓰며 물었다.

"수리도 알아?"

다니엘은 대답이 없었다. 답답해진 미자가 채근하듯 물었다.

"검사했어? DNA 검사 그런 거 있잖아."

"아직."

"그거부터 해야 하는 거 아냐?"

"수리 아이는 죽었다며?"

그 말은 미자도 알고 있었다. 준호가 아이들에게 해 준 말이었으니까. 그런데 죽은 줄 알았던 아이가 다니엘일 거라는 상상은 미처 하지 못했다.

"봤어."

다니엘은 잠꼬대처럼 봤어, 라고 연이어 말하고는 수리를 만난 이야기를 풀어놓았다. 다니엘이 시카고 K 마트에서 수리를 처음 만났을 때, 수리는 보라색 스카프를 했다고 말했다.

"그거, 내 거랑 똑같았어."

다니엘이 미국으로 입국할 때 찍은 사진에 아기 다니엘은 보라색 강보로 싸여 있었다고 했다. 미국 부모님들은 강보뿐만 아니라 한국에서 다니엘과 함께 온 분유통과 젖병, 손수건까지 보관하고 계셨기에, 수리를 만난 날 다니엘은 옷장 깊숙한 곳에서 오래전 제 몸을 감쌌던 강보를 꺼내 목에 둘러 보았다고 했다.

"내 거랑 수리 거랑 정말 똑같았다고."

다니엘은 아이들에게 동의를 구하는 눈빛으로 말했다. 간절한 목소리였다. 그러나 미자는 의심했다. 똑같은 천을 몸에 두르고 있다고 해서 두 사람이 모자 사이라고 단정 짓기는 어려웠다. 물론 이 말을 다니엘에게 하지는 않았다. 진실은 때론 아프다고, 미자는 믿었다. 진실을 말한답시고 다니엘에게 상처를 주는 장본인이 되고 싶지는 않았다.

"수리가, 엄마인 거 같아."

다니엘이 확신에 찬 목소리로 말했다. 이링이 분위기를 깨며 냉정한 어조로 말했다.

"이거 왠지 어디서 많이 듣던 말 같다. 혹시 한국 드라마 대사 따라 하는 건 아니겠지?"

이링의 말에 다니엘은 한 손에 쥐고 있던 생수병을 열어 물을 벌컥벌컥 마셨다. 다니엘의 행동을 예의 주시하던 이링이 덧붙였다.

"다니엘 말에 우리가 바닥에 털썩 주저앉고 뭐 그런 리액션이라도 보여 줘야 하는 거야? 진짜 드라마처럼?"

이링은 평소답지 않게 흥분하며 다니엘이 한국 드라마 얘기를 하는 것 같다는 말을 몇 번이고 했다. 그 말에 가타부타 말이 없던 다니엘이 힘겹게 입을 열었다.

"너희들한테 수리 얘기를 하고 싶었어. 그게 내 얘기이기도 하고, 너희들한테 하지 않았으니 비밀이라면 비밀이었으니까."

"그럼, 얼른 수리한테 가서 직접 물어보자."

소피가 자리에서 벌떡 일어나 다니엘과 여자아이들을 번갈아 보며 말했다.

"소피, 앉아. 그리고 다니엘, 계속 얘기해 봐."

이링이 양손으로 앉으라는 신호를 보내자 소피는 벤치에 다시 앉았다. 다니엘은 자기가 한 말을 다시 정리했다.

"신수리는 오래전 아이를 잃었고, 김광복은 친모를 찾고 있는 중이야. 김광복은 내 한국 이름인데…."

"그러니까 얼른 수리한테 가서 말하라고."

소피가 답답하다는 듯 말했다.

"말할 거야. 그런데 너무 직접적이지 않으면서 자연스럽게 할 수 있는 방법을 찾는 중이야."

"야, 생각, 너무 많이 하지 말고 일단 직진해."

소피가 소리치자 건물 앞으로 직진해 오던 차량이 아이들 앞에서 멈췄다. 차에서 내린 사람은 준호였다. 이링이 먼저 준호 앞으로 다가갔다.

"준호 오빠, 와 줘서 고마워요."

이링의 말에 준호는 대꾸하지 않았다. 심각한 표정이었고, 화가 난 것 같기도 했다.

"다들 얼른 타."

아이들은 쭈뼛거렸고 이 와중에도 할 말은 해야겠다는 생각에 미자는 준호 곁에 가서 말했다.

"변길수도 데려가야 해요."

"누구?"

준호는 변길수를 몰랐다. 미자는 준호를 붙잡고 다시 한번 변길수가 누구인지 설명했다. 준호는 한숨을 쉬고 는 아이들을 따라 경비실로 움직였다. 노끈으로 더 꽁꽁 묶이고 입에 박스 테이프까지 붙인 변길수는 양다리를 빼려 몸부림쳤다. 준호는 한 손으로 이마를 짚더니 더 크 게 한숨을 쉬었다. 그러고는 말없이 변길수를 일으켜 세 웠다. 아이들도 너 나 할 것 없이 준호를 도와 변길수의 팔다리를 잡아 들었다. 준호와 아이들은 몸부림치는 변 길수를 끌고 가 차 맨 뒷좌석에 눕혔다. 변길수는 목에 핏대를 세우며 기괴한 소리를 냈다. 입에 강력 테이프를 붙인 변길수는 여전히 할 말이 많은 듯했다.

*

준호를 뒤따르는 아이들은 뭔가 큰 잘못을 해서 교무 실로 불려 가는 학생들 같았다. 이들이 가는 곳은 수리의 사무실이었다. 사무실 앞에서 미자가 준호에게 물었다.

"변길수는 어딨어요?"

"아래층 사무실에 있어."

"혼자요?"

"직원이랑 같이 있어. 그리고 미자 넌 신경 쓰지 마."

"어떻게 신경을 안 써요? 그 인간이."

미자가 목소리 높여 말하려는데 비서가 수화기를 들어 수리에게 아이들이 왔음을 보고하고는 아이들에게 들어가라는 손짓을 했다. 아이들은 비서를 따라 수리의 사무실로 들어섰다. 미자의 눈에 먼저 들어온 이는 수리가 아닌 그림자, 아니 테오였다. 테오는 수리와 함께 진지한 이야기를 나눈 눈치였다. 미자는 불안한 눈빛으로 수리와 테오를 번갈아 보았다. 테이블 위의 서류 봉투와 서류가 보였다. 수리는 다급하게 그 서류를 치웠다.

"전 이만 가 볼게요."

테오가 자리에서 일어섰다. 수리는 그 누구에게도 시선을 주지 않았다. 평소와 달리 수리는 불안해 보였다. 자기 책상 앞에 서서 창밖을 잠시 바라보았다. 준호가 아이들에게 앉으라는 손짓을 했고 아이들은 서로 눈치를 살피며 네가 저쪽에 앉아, 라고 말하면서 수리 가까이 앉기를 꺼렸다. 결국 다니엘이 수리와 제일 가까운 쪽에 앉았다. 사무실에 있는 그 누구도 말을 하지 않았다. 에어컨 소리가 유난히 크게 울렸다. 싸늘한 기운을 가르며 수리가 소파로 와서 앉았다.

"무슨 일이 있었던 기죠?"

수리가 컵을 받침대 위에 내려놓으며 물었다.

"수리, 아니 대표님."

"수리라고 하세요."

수리는 다니엘의 말을 가로막았다. 다니엘은 영어로 침착하게 말을 이어 갔다.

"질문 하나 해도 되겠습니까?"

"질문은 내가 먼저 하지 않았나? 무슨 일들이 있었느냐고."

"제가 먼저 질문을 한 뒤에 답할 수 있을 것 같습니다."

다니엘의 단호한 말에 수리는 다니엘에게 얘기해 보라고 했다.

"왜 〈드림캠프〉를 계획하셨습니까?"

예상하지 못한 질문이었는지 수리는 입을 조금도 열지 않고 다니엘을 조금 매섭게 쳐다보았다.

"지금 그걸 왜 알려 줘야 하죠?"

"〈드림캠프〉 참가자로서 주최 측의 의도를 알고 싶습니다."

다니엘은 조금 더 날카로워진 눈매로 또 한 번 물었다.

"이 프로그램을 만든 건 내 마음이고 결정이고, 기업 홍보를 위한 일이기도 한데 그걸 왜 시시콜콜 얘기해야 하지?"

그 말에 다니엘은 뭔가 불쾌한 기색을 내비쳤다. 수리의 진심을 듣고 싶어 했는데 거절당한 기분인 것 같았다. 그 때문이었는지 다니엘은 조금은 날카롭게 응대했다.

"찾고 싶은 아이가 있었나요?"

아이, 라는 말에 다니엘이 강세를 두고 말했고, 수리의 눈빛이 조금 흔들렸다. 다니엘은 할 말을 이어 갔다.

"찾고 있는 아이에게 해 주고 싶은 걸 저희에게 해 주는 건가요?"

수리는 다니엘을 물끄러미 바라보았다. 다니엘은 숨을 한 번 크게 쉬고 말을 이었다.

"일주일 동안 한국어도 배우고, 짜장면도 먹고, 야구도 보고, 케이팝 스타도 만나고 아주 기분 좋은 이벤트죠. 그런데…."

"그게 마음에 안 들었다는 말인가?"

"마음에 들고 안 들고의 문제가 아니라요, 왜 저희를 〈드림캠프〉에 불렀는지 그 이유를 정확히 알고 싶습니다."

"그게 오늘 벌어진 일이랑 무슨 상관이지?"

다니엘은 아무 말도 하지 못했다. 자기가 해야 할 말만 준비했지 상대의 물음에 답할 준비가 되어 있지 않았기 때문이다. 그때 미자가 나섰다.

"그러니까 우리 중에 찾는 사람이 있었냐요, 아니면 우리를 어떻게 써먹으려고 했냐고요."

미자는 자기가 말해 놓고도 '써먹었다'는 표현이 심했다 싶었지만 뱉은 말을 주워 담을 순 없었다. 아니나 다를까 수리는 그 말을 짚고 넘어갔다.

"써먹었다니?"

"아니, 그러니까 우리를 왜 불렀냐고요?"

이링이 옆에서 미자의 팔을 잡으며 말리는 시늉을 했다. 미자는 개의치 않고 수리를 똑바로 쳐다보았다.

"〈드림캠프〉 참여는 너희들이 선택한 거야. 내가 아니라."

"뽑은 건 수리잖아요. 우리를 왜 뽑았어요?"

"지금 내가 그걸 너희들한테 얘기하는 시간은 아닌 것 같아. 너희들이 먼저 얘기해야지. 오늘 뭘 했는지."

"뭘 했는지 다 얘기해야 되나요?"

미자는 다시 따지듯 물었다.

"그래야지. 너희들은 무단 외출을 했으니까."

무단 외출이라는 말에 미자는 흠칫 놀랐다. 수리는 그들에게 일어난 일을 모두 다 알고 있는 눈치였다. 다니엘과 미자는 불안한 눈길을 서로 주고받았다. 다니엘이 뭔가를 말하려 입을 달싹였다.

"진심 연구소, 거길 왜 갔는지 먼저 말해야 하는 게 아닐까?"

수리의 입에서 진심 연구소라는 말이 나오자 미자는 마음이 급해졌다.

"그건 제 일이었어요."

미자는 저도 모르게 자리에서 벌떡 일어나 대답했다. 자기가 먼저 나서야 다니엘이 오늘의 책임을 뒤집어쓰지 않을 것 같아서였다. 다니엘에게 미안해진 미자는 다급한 마음에 사정하듯 외쳤다.

"다니엘은 잘못 없어요. 소피와 이링도 마찬가지고요, 그냥 우연하게."

"아니에요. 제가 데리고 나갔습니다."

다니엘은 자신이 변길수와 약속을 잡고 미자를 데리고 나갔다고 재차 강조했다.

"어쨌든 너희들은 사전 동의 없이 캠프 일정과 무관한 일을 했어. 지금 내가 해야 할 일은 뭔지 알아?"

수리는 날카로운 목소리로 제 말을 해 나갔다.

"나는 여기서 너희들 보호자 역할을 하고 있어. 너희들은 규칙을 준수할 의무가 있고. 보호자 관리에서 벗어난 행동을 했으니 나는 지금 바로 너희 부모님들께 연락할 거야. 사실대로 이야기를 할 거고, 최악의 경우에는…."

최악의 경우라는 말에 아이들은 모두 그 자리에서 얼어붙었다.

"내일 당장이라도 짐 싸서 집으로 돌아가는 수가 있어."

미자는 숨이 멎는 듯했다. 한국에 와서 아무 소득도 없이 집으로 돌아간다고? 그것도 아주 불명예스럽게 쫓겨난다고? 여기까지 왔는데, 결국 떼인 돈도 못 찾고, 외할머니도 못 만나고, 상처뿐인 한국 여행을 마감해야 한다고? 정신을 차려야 하는데, 머릿속이 새하얘졌다. 심장이 심하게 뛰다 못해 밖으로 튀어나올 것만 같았다. 미자는 손바닥으로 가슴을 꾹 누르고 수리에게 물었다.

"그런 일로 저희가 나가야 하나요?"

"우리 측에 미리 얘기하지 않고 개별 행동을 했으니 그건 분명 문제가 된다고."

"왓 어바웃 유?(What about you?)"

미자는 저도 모르게 영어가 튀어나왔다. 미자는 고개를 가로젓고는 다시 한국말로 했다.

"그러는 너는요?"

미자의 이 말은 상황을 더 악화시켰다. "너는 흥분을 잘하니, 흥분할 때는 제발 입 좀 다물고 있어"라는 엄마의 조언도 생각났지만 소용이 없었다. 미자는 흥분할수록 말을 더 많이 쏟아 냈다. 그리고 후회했다. 그 몹쓸 반복이 또 시작됐다.

"아니, 그러니까 수리는 우리한테 다 솔직하게 얘기했나요? 우리가 서로에게 그렇게 다 솔직하게 얘기해야 되는 뭐, 그런 사이인가요?"

"내가 〈드림캠프〉 참가자들에게 뭘 솔직하게 말해야 하지?"

"몰라서 물어요?"

미자는 수리를 노려보며 거칠게 말했다. 목구멍이 타들어 갔다. 흔들리는 목소리로 말을 이어 갔다. 몹시 흥분한 상태였으므로 영어로 말을 쏟아 냈다.

"우리를 매일 보고도, 아니 다 뽑아 놓고도 모르시겠어요? 이미자와 반이링 엄마는 혼자 애를 키웠고, 소피는 위탁모 손에서 자랐어요. 뭐, 다니엘 사정도 대표님이 모르지 않겠죠. 더 솔직히 말하자면, 우리가 다 누군지 당신은 모르지 않았잖아요. 우릴 왜 뽑았어요? 당신 판단으로 기업에서 불쌍한 애들 위해서 좋은 일 하는 것처럼 보이고 싶었나요? 이게 〈드림캠프〉인가요, 〈동정캠프〉인가요? 우리를 이렇게 공개적으로 대놓고 위로라도 해 주려고 불렀나요, 이런 일 한답시고 기업 홍보라도 할 심사였나요. 아니면, 뭐 사회적이고 시사적인 메시지라도 전달

하거나 노블레스 오블리주 뭐 그런 걸 하고 싶었던 거예요?"

중간에 끼어들지 않고 미자의 말을 끝까지 듣던 수리가 답했다.

"틀린 말은 아닌데, 한 가지 더 있어."

"그게 뭔데요?"

"내가 그걸 지금 너희들에게 알려 줄 필요는 없고, 너희들이 지금 나한테 요구할 의무도 없다고 생각해. 너희들이 해야 할 일은 말이지."

미자는 숨을 죽였지만 숨소리는 점점 거칠어졌다. 아이들은 그 누구도 말을 꺼내지 못했다.

"당장 여기서 나가서 반성문을 쓰는 거야. 오늘 있었던 일을 하나도 빠짐없이 쓰고, 너희들이 뭘 잘못했는지 쓰라고."

반성문이라니. 그것이 미자의 마지막 프로젝트가 될 수도 있다는 생각에 눈앞이 캄캄해졌다.

"일단 그거부터 해. 너희들이 집에 돌아갈지 말지는 내일 반성문 보고 다시 얘기하자고."

수리는 싸늘하게 말해 놓고는 자기 책상 앞으로 걸어 갔다. 더 이상 이야기하고 싶지 않다는 의사였다. 하지만 미자는 멈출 수 없었고 자리에서 벌떡 일어섰다. 다니엘은 살며시 미자의 손을 잡았다. 여기서 멈춰야 한다는 신호였다. 다니엘과 미자, 소피, 이링은 줄지어 사무실 밖으로 몸을 뺐다. 사무실을 나서기 전 다니엘만이 뒤돌아 수리를 한 번 더 쳐다보았다. 수리는 누구에게도 눈길을 주지 않은 채 팔짱을 끼고 창밖만 내다볼 뿐이었다.

5
수리 수리 신수리

수리 이야기

내 인생은 마법과도 같습니다. 오래전, 누군가 마법을 걸어 내 몸을 옴짝달싹 못 하게 했지요. 스물셋, 아이를 갖게 됐습니다. 기대도 됐지만 무척 두려웠어요. 하지만 배 속 아이가 점점 커 가며 내가 하는 말과 먹는 음식에 반응을 보이자 임신이 인생에서 일어난 경이로운 일로 여겨졌어요. 그렇게 아이와 한 몸이 되어 지내던 중, 아이는 예정일보다 한 달 일찍 세상에 나오게 됐고 저는 수술을 받아야 했습니다. 그 사람과 함께 있었어요. 내 연인이자 아이의 아빠.

긴 수술에서 깨어났을 때 그 사람도 아이도 곁에 없었습니다. 대신 부모님이 이런 말을 전했습니다.

"애는 갔다. 차라리 잘됐지. 이게 다 널 위해서 일어난 일이라 생각해."

아이는 사산되었다고 했습니다. 숨이 멎을 것 같았고 그 사람이 필요했습니다. 나는 그의 이름을 불렀어요. 주한, 마주한.

"걔는 우리가 가라고 했다. 다시는 오지 말라고."

마주한, 그 사람과 우리 아이, 내 소중한 인연을 모두 잃은 그날 이후, 저는 부모님도 안 보기로 했습니다. 출산을 극심히 반대했던 부모님의 바람대로 된 일이란 생각이 컸고, 태생부터 성장 과정 내내 제 인생의 로드맵을 멋대로 그린 분들의 눈빛과 말과 행동이 서서히 내 숨통을 조일 거라고 예감했기 때문이었지요.

임신과 출산은 제 선택이었습니다. 인생을 주도적으로 살다가 벌어진 일 또한 나의 일부인데 부모는 출산 당일까지 악담을 퍼부었습니다.

"그 아이를 낳아 키우면 인생의 패배자가 될 거야."

결국 인생에서 일어났던 불꽃 같은 일이, 내게 온 소중한 생명이 실패라는 이름으로 불리며 연기처럼 사라졌습니다.

내가 맺은 부모 자식의 인연 중 하나는 끊겼고, 하나는 제 의지로 끊어 냈습니다. 남은 인생을 살아 내야 했으니까요. 성실하게 살아서 그 누구도 내 인생에 실패라는 말을 꺼내지 못하도록 해야 했습니다. 동시에 몸과 마음을 건강하게 키워 누군가에게 생명을 불어넣어 주는 일도 해야 했습니다.

그 결심은 미국 유학으로 이어졌지요.

한국에서 유학을 준비하던 중 지인의 소개로 제가 입학하게 될 학교 출신인 남성을 소개 받았어요. 마이클 갈비라는 주한 미군이었습니다. 마이클 갈비는 한국 여성과 결혼식을 앞두고 있었으며 며칠 전에는 딸이 태어났다고 사진을 보여주며 자랑을 했습니다. 나도 아이를 꼭 안고 있었더라면 어땠을까, 라는 마음에 사진 속의 여성을 부러워했다는 것까지 기억이 나네요.

화학공학을 전공한 내가 화장품 개발을 계획한다고 했더니 마이클 갈비는 유명 화장품 회사에서 일하는 그의 여동생을 소개해 주었습니다. 저는 그의 여동생에게서 화장품 영업과 홍보에 관한 도움을 받았습니다.

이후 미국에서 대학원을 졸업하고 한국으로 돌아와 화장품 회사를 창업했습니다. 창업과 동시에 다문화가정 아이들을 위한 프로그램도 운영하기 시작했습니다. 그것이 바로 〈드림캠프〉였지요. 유니온이란 케이팝 그룹을 만나게 된 계기도 바로 〈드림캠프〉였고요.

화장품 사업도 나날이 번창했습니다. 미국과 프랑스에서 판매를 시작하면서 입소문이 나기 시작해 좋은 반응을 얻었지만 화장품을 더 알릴 기회가 필요했습니다. 고민을 하던 중 한 프랑스 소녀가 회사 이메일로 연락을 해 왔습니다. 그룹 유니온의 팬이라 자신을 소개하며 삶에서 어려운 일을 겪을 때마다 유니온의 노래를 들으며 위로를 받았다는 그 소녀는 진심을 담아 글을 썼습니다. 멤버들 한 사람, 한 사람의 스토리와 노래 가사, 그리고 그들이 데뷔 때부터 해 온 모든 활동을 일목요연하게 정리한 포트폴리오까지 우편으로 보내왔습니다. 그리고 유니온을 화장품 모델로 발탁하면 어떻겠느냐는 제안을 했습니다. 유니온의 성장 과정을 옆에서 지켜본 저로서 그 소녀팬의 연락이 얼마나 반갑고 고마웠는지요.

유니온의 인기가 높아지면서 유튜브 채널을 만들고 팬들과의 소통 방식에 대해 논의하던 중 준호가 유니온 팬픽으로 보이는 이야기가 있다며 보여 주었습니다. 한국 드라마 덕후라며 자신을 소개한 작가는 유니온뿐만 아니라 다양한 한국 스타를 주인공으로 해서 이야기를 만들어 올렸습니다. 몇 편은 뻔했고, 몇 편은 말도 안 되게 웃겼습니다. 매번 결말이 예측 가능했던 그 작가의 이야기에 빠져들었습니다.

대만에서 화교 출신 어머니와 살고 있다는 소녀가 또래 아이들과 생활하며 어떤 이야기를 만들어 낼 수 있을까 기대하기도 했습니다. 프랑스 소녀와 함께 대만 소녀도 한국에 초대하고 싶다는 생각이 들었습니다.

유니온 덕분에 십 대들과 직간접적으로 접촉하며 지내게

되었죠. 유니온 그룹에 대한 수수한 애정을 품은 팬들도 중요하지만 동시에 유니온 멤버들과 유사한 성장 배경을 갖고 있으며 절실하게 누구가를 찾는 지원자에게 제1회 〈드림캠프〉 참가 기회를 주기로 결정했습니다.

*

아이들은 벌로 숙소를 나가지 못하게 됐다. 회의실과 그 옆 화장실 청소도 도맡아 해야 했다. 이링이 빨간 고무장갑을 소피에게 집어 던지며 짜증스럽게 말했다.

"그러게 내가 남의 연애에 끼어드는 거 아니라고 했지?"

"이건 연애 문제가 아니잖아."

"아니긴 뭐가 아냐? 넌 지금 다니엘이랑 미자가 눈빛 주고받는 걸 옆에서 보고도 그런 말이 나오냐?"

소피의 말에 이링이 목소리를 더 높였다. 그러자 미자가 쏘아붙였다.

"화장실 청소랑 연애가 무슨 상관이야?"

그 말에 이링은 더 이상 못 참겠다는 듯 목소리를 높였다.

"야, 이미자. 이건 좀 아니지 않아?"

"뭐가 아닌데?"

"우리가 네 목숨도 구해 줬는데 네가 우리한테 고맙다는 말을 하길 했어? 아니, 고맙다는 말은커녕 너 때문에 캠프에서 쫓겨나게 생겼는데 넌 돈만 따지고 있잖아?"

"내가 언제 돈만 생각했다고 그래?"

"아까 다 들었어. 준호 오빠한테 변길수 여기 있는 거 확실하냐고. 돈 받아야 하니까 그냥 그 사람 보내면 안 된다고 사정했잖아. 그런 말 하기 전에 우리한테 먼저 뭐라도 얘기해야 되는 거 아니야?"

준호를 졸졸 따라다니며 미자의 말까지 시시콜콜 다 엿들은 이링에게 미자가 쏘아붙였다.

"그래, 나 돈 중요해. 돈이 세상에서 제일 중요하다고. 그럼 좀 안 돼? 이링, 넌 어릴 때부터 배우 해서 돈 많이 벌었는지 모르겠지만 난 아냐. 돈부터 챙겨야 한다고."

"그래, 너, 말 잘했다. 돈, 벌긴 벌었지. 그런데 그 돈으로 엄마랑 나랑 방 한 칸에서 먹고살기도 빠듯했어. 넌 엄마가 식당이라도 차렸지만, 우린 남의 식당에서 남은 음식 먹고, 남의 식당에 딸린 방에서 살았다고. 내가 돈 벌기 시작하면서야 겨우 월세랑 밥값을 냈어. 돈, 나도 필요해. 그래서 벌었어, 어릴 때부터. 그렇게 번 돈을 저런 이상한 아저씨가 갖고 도망갔다면 나도 그 사람 머리에 야구공 백 번이라도 던질 수 있다고."

이링은 숨을 한 번 고르고는 미자를 진지하게 쳐다봤다.

"근데 미자야, 적어도 난, 나 살려 주겠다고 미친 듯이 달려온 친구들 생각은 눈곱만큼도 안 하고 내 돈 받을 생각만 하지는 않을 거 같다. 너, 지금 되게 별로야. 왜냐고? 돈 생각하느라고 우리는 안중에도 없잖아. 소피나 내가 너한테 그렇게 아무것도 아냐?"

이링의 얘기를 잠자코 듣고 있던 소피가 이링 옆으로 다가왔다. 그 모습을 본 미자는 입을 크게 벌리고 큰 소리로 울며 외쳤다.

"그래, 내가 멍청해서 그래. 다 내가 망쳐 놨어. 잘하려고 했는데 왜 맨날 이렇게 다 엉망진창이 될까?"

"야, 넌 뭘 또 말을 그렇게 해?"

소피는 미자의 어깨를 두드리며 말했다.

"나도 이렇게 중간에 집에 돌아가기 싫어. 너희들이랑 같이 있고 싶다고, 끝까지."

그 말에 이링도 천천히 미자에게로 다가갔다. 미자는 감정에 북받쳐 웅얼거리듯 말했다.

"미안해. 너희들이 나 때문에 그렇게 고민하고 고생한 줄 몰랐어."

그 말에 소피가 양손으로 두 아이들의 등을 두드리며 다독였다. 미자는 이링의 목을 더 세게 끌어안고 소리 내어 울며 고마워, 정말 고마워, 라고 말했다. 이링은 미자에게 더 가까이 가려다가 물이 담긴 양동이를 발로 차 버렸다. 그 바람에 아이들의 발과 다리가 순식간에 젖어 버렸다.

"앗, 차가워. 이링, 이거 복수냐?"

미자의 말에 이링은 장난스럽게 눈을 흘기며 그래, 복수다 복수, 라고 말하더니 호스를 들고 수도꼭지를 틀었다.

"너, 진짜."

호스에서 뿜어져 나온 물로 얼굴과 머리가 흠뻑 젖자 미자가 소리쳤다. 미자가 호스를 빼앗아 이링과 소피를 향해 물을 뿌렸다. 소피는 대걸레를 앞으로 휘두르면서 소리쳤고, 이링은 긴 머리를 마구 흔들어 아이들에게 물방울이 튀게 했다. 정신없이 웃으며 한참 물장난을 치고 나니 셋 모두 물에 쫄딱 젖어 버렸다. 그게 또 웃겨서 셋은 킬킬댔고 그 웃음이 또 웃음을 불러와 갈비뼈가 아플 때까지 웃어 댔다.

"안 되겠다. 가서 옷이나 갈아입자."

미자, 소피, 이링은 몸에서 물을 뚝뚝 흘리며 방으로 돌아갔다. 이링이 미자와 소피에게 수건을 건넸다. 소피는 수건으로 머리를 말리며 셔츠를 벗었다. 그러고는 뭔가 생각났다는 듯이 ~~속옷~~ 차림으로 말을 ~~끼냈다~~.

"우리, 서로 옷 바꿔 입어 볼까?"

"이링 옷은 나한테 안 맞을 거 같은데."

이링은 체구가 작아 소피나 자신에게 맞지 않을 것 같다고 미자는 생각했다. 이링은 티셔츠는 넉넉한 사이즈로 입는 편이니까 다 맞을 거라고 안심시키면서 가방을 뒤적거리기 시작했다. 미자도 한 손에 수건을 쥔 채로 가방을 열었다.

미자는 '2002 붉은 악마'라고 쓰인 빨간 티셔츠를 꺼내며 말했다.

"이거 우리 엄마가 준 거야. 월드컵 보러 가려고 샀는데 한 번도 못 입었대."

그걸 본 소피는 나도 한글 티셔츠 있는데, 라고 중얼거리더니 초록색 반팔 티셔츠를 들어 보였다. 티셔츠 가슴팍에는 '사장님'이라고 쓰여 있었다.

"내가 인플루언서 활동명 '소사장'이라니까 은주, 아니 엄마가 이거 구해다 줬어."

미자는 '사장님'이 마음에 든다며 그 티셔츠를 들었다. 이링도 질세라 한글 티셔츠를 보였는데, 왼쪽 가슴에 '억수탕'이라 쓰인 하늘색 티셔츠였다.

"억수탕이 뭐야? 갈비탕 같은 거야?"

소피의 질문에 이링과 미자는 크게 소리 내어 웃었다.

"억수탕은 찜질방 이름이야. 우리 엄마가 한국에서 찜질방에서 지낼 때 몰래 갖고 온 거래. 이건 사이즈 넉넉한 거다."

소피가 억수탕 티셔츠를 집었고, 이링은 미자의 붉은 악마 티셔츠를 입었다.

"우리 사진 찍자."

아이들은 붉은 악마, 사장님, 억수탕이 쓰인 셔츠를 입고 환하게 웃어 보였다. 무단 외출로 내일 당장 쫓겨날지도 모른다는 생각은 잠시 잊은 채였다.

거울을 보았다. 미자는 마음이 가벼워졌으나 현실 감각이 되살아났다. 한숨을 쉬고는 소피와 이링에게 화장실 청소를 마저 하러 가자고 했다. 여자 화장실 청소를 마친 미자가 다니엘보다 먼저 회의실로 돌아왔다. 준호가 보이자 미자는 대뜸 준호에게 달려가서 물었다.

"변길수 아직 여기 있죠?"

"있다니까. 몇 번을 물어?"

"테오는 어딨어요?"

"오늘 안 왔는데?"

"그럼 언제 와요?"

"미자야, 너 언제부터 테오한테 관심이 그렇게 많았어?"

"어제부터요."

놀리려고 한 말에 미자가 너무 정색하며 반응하자 준호는 짐짓 당황하는 기색을 보였다. 미자는 계속 제 할 말을 했다.

"준호도 이미 알고 있었죠?"

"내가 알긴 뭘 알아?"

"다니엘이 어제 준호 휴대폰 썼잖아요."

"미자야, 지금은 너희 둘이 연구소 간 사실을 누가 아느냐가 중요한 게 아니라, 너희가 무단 외출을 해서 캠프에서 쫓겨나느냐 마느냐가 더 문제 아닐까?"

미자와 준호가 진지하게 대화를 나누는 중 다니엘이 남자 화장실 청소를 마치고 들어왔다. 다니엘은 손에 묻은 물기를 바지춤에 닦고는 미자 옆에 앉았다.

다니엘이 책상에 앉자 준호는 아이들 책상 위에 각각 펜과 A4 용지를 올려놓고는 반성문을 쓰라고 했다. 반성문은 자기 감독하에 써야 하며, 이는 수리의 지시였다고도 했다. 자필로 쓰라는 준호의 말에, 미자는 컴퓨터로 쓰면 안 되냐고 물었다가 거절당했다. 그러면 영어로 써도 되냐고 물었더니 된다고 했다. 다행이었다. 미자는 맞춤법이 틀린 반성문을 읽다가 누군가가 박장대소하는 모습을 보고 싶지 않았다. 아이들은 회의실에서 각자의 자리에 앉아 반성문을 쓰기 시작했다.

아이들이 반성문을 내고, 준호는 그걸 수리에게 전했으나 수리의 반응은 딱히 없었다.

"수리가 뭐래요?"

회의실로 돌아온 준호에게 미자가 물었다.

"프로젝트 준비나 제대로 하란다."

"쫓겨나는 건 아니네요?"

"그건 나도 모르지."

준호는 애매한 대답만 내놓았고 답답해진 미자가 있으라는 거예요, 말라는 거예요, 라고 따지듯 물으니 마지못해 말했다.

"반성문에 쓴 대로 제대로 해 보래."

"그래, 쓴 대로 한번 해 보자."

다니엘의 말에 미자는 조용히 그를 응시했다. 미자는 다니엘이 반성문에 뭘 어떻게 썼는지 알지 못했다. 하지만 충분히 알 것 같았다. 다니엘이 진심을 전하기로 결심했다는 걸 모르지 않았으니 말이다. 미자는 반성문에 죄송하다는 말을 백 번도 넘게 썼다. 그것만이 한국에 남아 살 길일 것 같아 납작 엎드리기로 했다. 이 보 전진을 위한 일 보 후퇴라는 삶의 지혜는 엄마한테 말싸움으로 매번 밀리는 고모로부터 배운 전략이기도 했다. 고모는 미자에게 삶의 지혜를 끊임없이 일러 줬고, 나행인지는 모르겠지만 미자는 그 지혜를 실전에서 쓸 기회가 있었다. 내친김에 고모에게 연락했다. 고모는 전화를 받자마자 이렇게 외쳤다.

- 이갈비, 살아 있냐?

- 살았으니까 전화했지.

- 큰소리치기는. 목소리는 다 죽어 가면서.

고모는 미자가 무슨 고민을 하고 있는지 목소리만 들어도 다 알아채곤 했다. 그러니 미자도 자기의 마음을 잘 알아주는 고모를 찾을 수밖에 없었던 것이다. 미자는 힘없는 목소리로 물었다.

- 고모, 그거 알아?

- 뭐?

- 엄마가 변길수한테 돈 준 거.

- 그건 정희가 알겠지.

- 고모는 왜 몰라? 거기엔 고모 돈도 있잖아.

- 내 돈 아냐. 우리 돈이지.

고모는 영어를 쓸 때에도 내 거(mine)라는 말을 잘 하지 않았다. 한국말을 하듯 우리 거(ours)라 했다. 미자는 고모가 한국말만 한 탓에 영어를 이상하게 쓴다고 생각하곤 했다. 지금은 그게 문제가 아니었다. 고모의 이상한 영

어보다 중요한 것은 엄마가 그 큰돈을 쓴 걸 고모가 모른
다는 사실이었다. 미자는 조르듯이 고모에게 말했다.

 - 우리 거라면 더더욱 우리한테 허락받고 돈을 써야 하
는 거 아냐? 말해 봐봐. 엄마가 그 인간한테 그 돈 줬어,
안 줬어? 그거부터 얼른 말해 달라고.

 - 미자야, 잘 들어.

 고모는 중요한 이야기를 시작할 때면 미자야, 잘 들어,
라는 말을 한다. 그 말에 미자는 습관처럼 긴장했다.

 - '미자 식당'에서 번 돈은 우리 돈이야. 정희, 나, 미자,
우리 돈이라고. 우리 셋 중에서 한 사람이 꼭 필요한 데
쓰고 싶어 썼다면 그냥….

 미자는 참지 못하고 고모의 말을 끊었다.

 - 필요한 줄 알고 썼는데 후회했다면, 그래도 괜찮아?

 - 안 괜찮지.

 - 안 괜찮으니까 내가 그 돈 찾으려는 거 아냐.

 - 돈이 아니라 정희가 안 괜찮다고. 정희가 미자 너한
테 미안해하고 있는데 네가 돈 찾으러 한국까지 간 거 알
면 더 미안해하지 않겠어?

 - 뭐가 미안한데?

 - 정희가 자기한테는 너밖에 없다고 큰소리쳤는데 남
자 따라서 한국 갈 생각한 거.

- 엄마가 나한테 미안하대?

- 하여튼 정희는 헛똑똑이야. 남자 좋아한 게 뭐 대수라고 딸한테 미안하네 마네, 맨날 울고불고, 에휴.

고모는 그랬다. 십여 년 만에 사랑에 빠진 엄마를, 고모의 오빠이자 자신의 죽은 남편을 잊어 가는 엄마의 마음 또한 알고도 모르는 척했다. 감정은 때려 죽여도 못 죽이는 거라고 고모는 말했다. 그 말을 들을 때면 미자는 쓸데없는 감정에 휩싸이는 일이야말로 가장 어리석은 일일 거라 믿었다.

엄마는 어리석었다. 좋은 사람을 만나지 못했고, 잘못된 인연에 마음을 빼앗겼다. 정신을 차려 보니 자신이 미자, 데비와의 인연을 미국에 두고 한국에 갈 계획을 세우고 있다는 걸 깨달았다. 다른 사람은 몰라도 엄마는 고모와 딸 없이 사는 삶을 상상하기 어려웠을 것이다. 잠시나마 변길수를 따라 한국에 갈 마음을 먹었다면 엄마는 변길수에게 돈을 진짜 줬을지도 모를 거라고 미자는 짐작했다. 미자는 한 손으로 이마를 짚고 한숨을 쉬었다.

- 이갈비, 내 말 듣고 있어?

대꾸를 하지 않자 고모는 걱정스러운 듯 미자를 불렀고, 미자는 힘겹게 대화를 이어 갔다.

- 고모.

– 왜?

– 보고 싶어.

– 누가?

– 엄마는 하나도 안 보고 싶은데 고모는 보고 싶다고.

– 웃기고 있네.

고모는 웃기고 있다고 말하며 훌쩍였다. 휴대폰 너머로 고모가 코 푸는 소리가 들렸다.

– 이갈비, 엄마한테 뭐라고 하기 없기다.

– 뭘?

– 뭐든. 돈이랑 길수 얘기는 하지 말라고. 한국에서 길수 만난 것도.

– 안 해, 내가 뭐 어린 애야?

잠깐, 미자는 속으로 스톱 사인을 보냈다. 뭔가 이상했다. 고모에게 길수를 만난 사실을 말한 적이 없었다. 그런데 지금 고모는 미자에게 "엄마한테 길수 만난 얘기 하지 말라"고 했다. 미자는 혼란스러웠다.

– 고모, 어떻게 알았어?

– 뭘?

– 변길수 만난 거. 그거 고모한테 말 안 했는데.

– 아니, 그야 뭐. 거기까지 갔으니까 당연히 만난 줄 알았지.

고모는 우기기 시작했다. 미자는 뭔가 께름칙한 기분이 들었다.

– 수리가 얘기했지?

미자가 고모를 채근하기 시작하자 고모는 못 이기는 척하며 대답했다.

– 그래, 맞아. 수리가 말했어. 말 나온 김에 하나 더 얘기하자. 이갈비, 너 〈드림캠프〉에 왜 갔는지 잘 생각해. 〈드림캠프〉에서 널 왜 뽑았는지도 잘 생각해 보고. 어렵게 한국까지 가서 자기 뜻대로 안 된다고 성질 부리다 일 좀 망치지 말란 말야.

– 내가 뭘 어쨌다고? 그리고 〈드림캠프〉는 에세이 잘 썼으니까 뽑혔겠지. 몰라서 물어?

– 과연 그럴까?

– 그럼, 뭐야? 고모 '빽'이야?

– 빽 같은 소리 하고 있네. 캠프에서도 쓸 만하니까 널 뽑은 거라고, 이 바보야. 그러니까 헛짓거리 하지 말고 쓸 만한 일을 해.

– 그게 뭔데?

– 그게 뭔진 네가 알겠지. 야, 이제 전화 끊어. 나 가야 돼. 갈비 다 타겠다.

조카보다 돼지갈비를 더 챙기는 고모가 순간 야속했지

만 미자는 쓸 만한 일에 대해 곰곰이 따져 보았다. 수리가 자기를 뽑은 데에는 분명 이유가 있었을 거라는 고모의 말을 되새겼고, 미자는 자신이 누군가에게 '쓸 만한 사람' 이 되는 일이 어떤 건지 곰곰이 생각해 보았다.

*

구사일생으로 다시 살아난 아이들은 〈드림캠프〉 일에 매진하기로 했다. 아이들은 회의실에 모였다. 이링은 아이들에게 말했다.

"준호가 그랬잖아. 우리가 프로젝트 잘하면 수리가 무단 외출을 문제 삼지 않을 거라고. 그러니까 지금부터 정신 차려야 돼."

이링은 진지한 얼굴로 태블릿 PC를 들고 말을 이었다.

"다니엘, 수리한테는 언제 얘기할 거야?"

"아직 잘 모르겠지만… 마지막 날에 할까 생각 중이었어."

"마지막 날이라면 프로젝트 발표 날?"

"그렇게 되겠지."

이링은 다니엘과 대화를 주고받더니 잠시 생각에 잠긴 표정으로 정면을 응시했다. 그러더니 뭔가 떠올랐다는 듯

한 손을 앞으로 내밀며 말했다.

"잠깐, 이건 어때?"

아이들이 이링 쪽으로 몸을 기울이자 이링은 비밀 얘기라도 하듯 속삭였다.

"다니엘이랑 수리 이야기를 프로젝트로 만드는 거야."

"야, 프로젝트는 우리 유니온 뮤비로 한다고 했잖아."

소피가 발끈하자 이링은 소피의 한쪽 어깨를 두드리며 말했다.

"둘 다 하면 되지."

"둘 다 한다니?"

"내가 뮤비로 데뷔했다고 말했지? 그때 한창 드라마 같은 뮤비가 유행할 때였거든. 드라마 OST 같은 느낌으로 뮤비를 만들면 되잖아."

"오호, 그럴듯한데?"

소피는 눈을 크게 뜨고 말했다. 미자는 둘이 무슨 이야기를 하는지 잘 이해되지 않았다. 다니엘이 혹시라도 수리의 아들이 아닐 경우 다니엘이 받게 될 상처가 걱정될 뿐이었다. 이링은 미자에게 똑바로 앉으라는 듯 손짓을 보내고는 말했다.

"그런데 다니엘 얘기를 하려면 소품이 필요해."

"소품, 뭐야?"

"프롭(prop)."

다니엘의 질문에는 미자가 답했다. 이링은 고개를 한 번 끄덕이고는 이야기를 이어 갔다.

"드라마든 현실이든 사실을 입증할 수 있는 장치가 필요해. 그래야 오랜만에 이루어진 극적 상봉이 빛을 발한다고."

어려운 어휘를 사용한 탓에 아이들은 이링의 말을 이해하지 못했다. 이링은 아이들을 이해시키기 위해 뭔가를 찾는 듯 눈을 감더니 곰곰이 생각하다가 말을 이었다.

"한국 드라마에서 출생의 비밀을 알게 될 때가 언제야?"

"당신이 내 딸이야, 뭐 이런 말 할 때?"

미자는 고모와 엄마가 즐겨 보던 아침 드라마 대사를 떠올려 말했다. 그 말에 이링이 고개를 저으며 말했다.

"확실한 물증이 등장할 때지. 친자확인 증명서, 그러니까 DNA 검사 결과지를 볼 때잖아. 다니엘, 아무리 드라마라도 과학적 증명서는 꼭 필요하다는 말이야. 그러니까 넌 지금 당장 검사를 해야 돼."

"검사도 하긴 할 건데……."

다니엘이 말끝을 흐리더니 침착하게 말을 이어 갔다.

"직접적이지 않으면서 진심을 드러낼 수 있는 방법이면

좋을 거 같아. 그런데 그 빙법이 떠오르지 않아서⋯⋯."

다니엘은 고개를 푹 숙였다. 손으로 머리카락을 배배 꼬던 소피가 그 말을 받아쳤다.

"그것도 이링이 잘 해낼 수 있을 거 같은데?"

그 말에 아이들은 모두 이링 쪽으로 고개를 돌렸다.

"이링, 네가 원래 프로젝트로 준비한 드라마가 있었잖아. 그 스토리 좋았는데, 그걸로 어떻게 좀 해 봐."

소피의 말에 미자는 인상을 찌푸리며 불안한 기색을 감추지 못했다. 이링이 일전에 미자에게 전 애인에게 버림받고 충격에 휩싸여 도로를 질주하다가 교통사고를 당한 뒤 기억상실증에 걸린 여주인공 역할을 맡아 달라 한 말이 떠올라서였다. 미자가 슬그머니 자리에서 일어서려는데 이링이 미자의 팔을 잡아끌며 말했다.

"나, 완전 생각났어. 수리 이야기를 드라마로 만들 수 있겠다고."

이링의 말에 미자가 의심에 찬 목소리로 말했다.

"우리가 수리 인생 스토리를 다 아는 것도 아니잖아."

"다 알 필요는 없지. 상상력은 이럴 때 쓰라고 있는 거라고."

자신감 넘치는 이링에게 드라마 출연이 내심 불편했던 미자가 조심스럽게 말했다.

"스토리가 어느 정도 나와야지 거기에 맞는 제목도 나오고."

"걱정 마. 나한테 딱 24시간만 주면 해낼 수 있어."

자신만만한 이링과 달리 근심이 가득한 미자는 다른 생각에 빠져 있었다. 순간 휴대폰 알람이 울렸다. 테오에게서 온 메시지였다.

- 1회 쿠폰 발급됐습니다.

다급해진 미자는 바로 답장을 보냈다.

- 당장 만나.

- 방으로 갈까?

- 무슨 방?

- 지난번에 들어가서 네 빚 받았던 방.

- 농담할 기분 아냐. 로비로 와. 그리고 내 빚도 갖고 와.

삼십 분 후 도착한 테오는 검은색 옷차림이 아니었다. 하늘색 셔츠에 청바지 차림이었다. 더 이상 테오가 어둡게 보이지 않았다. 아주 밝았다. 그 밝음이 다가올수록 미자의 얼굴에는 어둠이 드리워졌다.

"너야?"

"뭐가?"

"수리한테 나랑 다니엘 얘기 했어? 수리가 이미 다 아는 눈치였다고."

미자는 테오를 누려보았다. 말장난이나 할 기분이 아니라는 신호였다. 테오는 그 눈빛을 읽고는 음, 소리를 내며 사뭇 진지한 표정을 지었다.

"너 그거 알아?"

"뭘?"

"진심 연구소가 왜 진심 연구소인지?"

미자는 입을 씰룩거리며 아무 말도 하지 않았다. 난데없는 테오의 질문에 호기심이 일었으나 그 감정을 들키고 싶지 않아 만지작거리던 물병 뚜껑을 열고 물을 마셨다.

"진심을 알아 달라는 애원이자 소망을 담았대."

그 말에 미자는 입 밖으로 물을 뿜었다. 테오의 얼굴에 물이 튀겼다. 미자는 미안하다는 말 대신 험한 말을 뱉을 뻔했는데 자중하고 적당한 말로 응대했다.

"쓸데없는 소리 집어치워라."

"진심인데."

"그만 좀 하라고. 손발이 오그라들 거 같아."

"사랑이 그런 거 아니겠어?"

다소 노인네 같은 테오의 말투에 미자는, 네가 사랑을 알기나 하느냐며 대꾸했다. 테오는 어깨를 한 번 으쓱해 보이고는 낮은 목소리로 말했다.

"나는 모르는데 우리 아빠는 알아."

"뭐야, 변길수가 아빠야?"

"야, 나는 마씨잖아. 마테오."

"아, 그렇네."

"진심 연구소장은 우리 아빠야."

"그런데 왜 변길수가 소장이라고 명함을 만들었지?"

"변길수 명함이 한두 개가 아니잖아."

그 말을 건네며 테오는 미자에게 명함을 하나 내 보였다. 명함에는 진심 연구소장 마주한, 이라고 쓰여 있었다. 마주한과 마테오. 이 사람이 네 아빠야? 라는 미자의 질문에 테오는 가타부타 말이 없었다. 미자는 명함을 앞뒤로 번갈아 뒤집어 보며 테오가 대답할 만한 질문을 찾다가 무슨 생각에서였는지 또 돈 얘기를 꺼내 버렸다.

"수리가 돈 많이 준대? 네 스타트업에?"

"준다고 했는데 내가 거절했어."

"그럼 여기 왜 왔는데?"

"확인할 게 있어서."

"뭘?"

"진심."

"진심?"

"응, 진심."

"진심이 뭔데?"

"그건 2회 쿠폰 사용하면 알려줄래."

"2회 쿠폰 이름은 또 뭔데? 아니, 난 지금 1회 쿠폰이 뭔지도 모르고 나온 거 아냐?"

그 말에 테오는 어깨를 으쓱해 보였다. 미자는 테오의 표정을 살피며 조심스럽게 물었다.

"내가 거절한다면?"

"그럴 리가 없지. 미자 넌, 궁금해할 거니까. 내가 2회 쿠폰 사용할 때 무슨 말을 할지 말야."

틀린 말은 아니었다. 그러나 미자는 테오에게 동의한다고 말하고 싶진 않았다.

"넌 왜 나한테 쿠폰을 쓰려는 건데?"

"공통점."

미자가 이해할 수 없다는 표정으로 테오를 보았고, 테오는 알 수 없는 웃음을 보였다.

"일단 변길수 문제부터 짚어 보자고. 그게 너랑 나 사이에 있는 공통점 중의 하나일 테니까."

테오는 양손을 맞잡고는 말을 이었다.

"우리 아빠가 JS 연구소 대표라고 하니까 어떤 한국 아저씨가 내 멱살을 잡고 아버지 찾아내라고 한 적이 있었어."

테오의 아빠는 변길수를 모르고, 변길수가 JS 연구소 대표라 사칭하고 다닌다는 사실을 알았을 뿐이었다고 했다. 친구 따라서 간 한인 모임에서였다. 테오의 아빠는 시카고에서 화장품 제조 연구소 대표로 있었고, 연구소 이름으로 한인회에 기부도 많이 하고 장학금도 많이 준 분이었다. 한인들은 테오의 아빠를 믿었다. 하지만 테오의 아빠는 한인회 모임에 얼굴을 비친 적이 없었고 자신의 이름 대신 연구소 이름으로 활동했다. 그것을 변길수가 악용했다. 변길수가 자신이 JS 연구소 대표라고 떠벌리고 다닌 것이다. 그러고는 몇몇 한인들에게 사업자금을 빌렸다.

"그러니까 나도 변길수를 만나야 하는 이유가 있다고."

"네 아빠는 뭐 하고 네가 나서는 건데?"

테오는 답이 없었다. 미자는 자신이 뭔가 말실수를 했다는 기분에 사로잡혔다. 테오의 얼굴에 그림자가 드리워졌기 때문이었다. 그러다 테오가 말한 '미자와 테오 사이의 공통점 중의 하나'라는 표현이 떠올랐다. 변길수를 찾아내는 일 말고도 둘 사이의 또 다른 공통점을 테오는 이미 알고 있고, 미자도 알 수 있을 것 같다는 예감이 들었다. 그것은 바로 아빠였다.

테오는 미자에게 자신의 이야기를 오랫동안 해 주었다.

창밖으로 누을이 보이기 시작할 무렵부터 천장에 달린 전등이 모두 켜져 낮보다 환한 밤이 될 때까지 이어진 이 야기였다. 그사이 로비 구석으로는 아무도 지나가지 않 았다. 미자는 그것이 참 다행이라고 여겼다.

*

24시간 후, 이링은 정말 스토리 개요를 만들어 왔다. 회 의실에 모인 아이들은 이링의 이야기를 경청했다.

"남녀 주인공 캐스팅까지 끝냈어. 잘 들어 봐. 미자랑 다니엘이 연인으로 나오는 거야."

연인이라는 말에 아이들은 귀를 쫑긋하고 이링의 이야 기를 듣기 시작했다. 드라마가 시작됐다.

여자(미자 분)와 남자(다니엘 분)는 연인이다. 두 사람은 캠퍼스 커플로 3년 넘게 사귀었다. 여자의 임신을 알게 되자 두 사람은 결혼 을 약속했다. 그러나 여자 부모님의 반대로 결혼을 할 수 없었다. 여 자는 기업 대표의 딸이고, 남자는 가난한 대학원생이라는 이유에서 였다.

여자와 남자는 세 가족이 함께 살 집을 알아보러 다니던 중이었다. 여자와 남자가 타고 있던 차는 교통사고를 당했다. 당시 여자는 만삭

이었다. 위험천만한 상황 끝에 아기를 출산했다. 여자는 기억상실증에 걸리고 일 년의 회복 기간을 거쳐 부모님의 기업을 물려받아 대표 자리에 오른다.

(그로부터 10년 후)

남자는 홀로 아들을 키웠다. 남자는 아들을 데리고 미국에서 10년간 살다가 공학 박사 학위를 받고 여자의 회사에 입사한다. 여자는 남자를 알아보지 못한다(여전히 기억상실증 상태였다). 남자는 신제품 개발에 성공해 실장으로 승진한다.

그 립스틱의 이름은 '사실은 매실'. 매실을 좋아하는 여자를 위해 남자가 만든 제품이다. 그 립스틱에서 매실향이 나자 여자는 기억을 되찾는다. 두 사람은 만남의 감격을 나눈다. 그리고 남자는 여자에게 알린다.

"이 아이가 네 아들이야."

이렁이 숨도 쉬지 않고 쏟아 낸 드라마 줄거리 요약에 미자와 소피는 소리 내어 웃어 버렸고, 급기야 소피가 이렁의 등을 세게 내리치는 시늉을 하며 말했다.

"너무 한국적인데."

소피의 말에 다니엘이 되물었다.

"한국적이라니?"

"한국 드라마의 클리셰가 다 들어가 있잖아."

"그게 바로 콘셉트라고."

소피의 말에 이링은 목소리를 높이며 말했다.

"이게 진짜 수리 얘기는 아니겠지?"

"당연히 아니지. 그냥 느낌대로 짜 본 거야."

미자의 물음에 이링이 명쾌하게 답해 주고는 제목을 짓자며 서둘렀다.

"오케이, 그럼 제목을 정해 보자. 두 사람이 헤어졌다가 사내 커플로 다시 만나는 얘기니까, 음……."

미자가 줄거리를 간추려 말하며 제목을 '사내 커플'로 하는 게 어떻겠냐고 했다.

"사내 커플, 그건 좀 밋밋해."

이링의 대꾸를 이해하지 못한 미자가 물었다.

"밋밋, 무슨 말이야?"

"심심하다고."

이링이 답했고, 소피가 뭔가 생각났다는 듯이 말했다.

"사내에서 두 사람의 아이도 만나잖아. 그럼 이 제목은 어때?"

"뭔데?"

이링이 묻자 소피가 답했다.

"사내 자식."

"사내 자식? 그건 어감이 이상한데. 욕할 때 이 자식, 저

자식, 하지 않아?"

미자가 고개를 갸우뚱하며 물으니 이링이 명쾌하게 정답을 알려 줬다.

"그건 새끼지. 사내 새끼."

사내 커플, 사내 자식, 사내 새끼로 이어지는 제목을 조용히 듣던 다니엘이 끼어들어 제 의견을 말했다.

"그냥 립스틱 이름으로 가자."

"립스틱 이름?"

미자의 말에 다니엘은 미자의 눈을 응시하며 입술을 뗐다.

"사실은 매실."

"'ㄹ'이 많아서 발음이 좀 어렵긴 하네."

다니엘이 '사실은 매실'을 어눌하게 발음하는 것을 지적하는 대신 한국어의 어려운 발음 문제를 조심스럽게 언급했다.

"영어 제목도 쓰면 되지."

"영어로는 뭔데?"

이링의 질문에 다니엘이 망설임 없이 답했다.

"플럼 액츄얼리(Plum Actually)."

"크리스마스 로맨틱 영화 제목 같은데?"

이링이 고개를 갸웃하며 묻자 소피가 다니엘과 미자를

가리키며 말했다.

"안 될 것도 없지. 얘들이 이미 로맨스 찍고 있잖아."

미자는 소피를 흘겨보았지만 딱히 기분 나쁘지는 않았다.

소피가 기대에 찬 표정으로 물었다.

"근데 이걸 유니온 뮤비로 써줄까?"

"써 주면 좋겠지만 우리한테도 의미 있는 프로젝트여야 하잖아. 그러니까 눈치 보지 말고 가자."

이렁의 자신만만한 태도가 미자는 마음에 들었다.

"제목도 제목이지만 이 드라마에서 꼭 필요한 소품이 있는데."

다시 진지해진 이렁은 뭔가 말하려 잠시 뜸을 들이고는 덧붙였다.

"소품이지만 진짜여야 하는 게 있어."

이렁이 목소리를 낮추며 진지하게 말하자 아이들은 숨을 죽이며 이렁을 보았다.

"드라마 중에 '이 아이가 네 아들이야.'라는 대사가 있잖아. 그때 남자가 유전자 검사 결과지를 실제로 보여 주는 거야."

"실제라니?"

"말 그대로 진짜. 다니엘이랑 수리 거 말야."

"그걸 어떻게 구해?"

"지금부터 구해야지."

그렇게 작전이 시작되었다. 아이들은 우선 준호를 찾아갔다. 상황을 설명했고, 대표실에 가서 몰래 수리의 머리카락과 칫솔을 가져와 달라고 부탁했다. 준호는 난감한 기색을 감추지 못했다.

"어려운 거 아니잖아요. 맨날 드나드는 데서 머리카락 좀 주워 달라는 건데."

이링이 조르듯 말했고, 준호는 아, 그게, 라는 말만 반복했다. 성질이 급한 소피는 평소보다 더 짜증스럽게 "아, 뭐래요?"라고 했고, 다니엘은 소피와 이링을 어르듯이 어른스럽게 말했다.

"그럼 일단 촬영부터 시작하자. 편집할 때 추가해도 되니까."

아이들은 마지못해 다니엘의 말에 수긍했다. 미자는 휴대폰에서 눈을 떼지 못했다. 테오의 연락을 기다리는 건지 불안해서인지 자신조차 알지 못했다. 다니엘과 이링, 소피에게 차마 할 수 없는 말을 테오에게서 들었기 때문이기도 했다. 타인의 비밀을 자기 비밀로 만들어 버린 것 같은 불편함에 미자는 머릿속이 복잡해졌다.

그날 저녁, 다니엘은 수리의 사무실로 갔다. 그 누구에게도 말하지 않고 혼자 그곳으로 들어가는 것을 미자는 보았다. 수리와 다니엘이 어떤 말을 주고받을지 미자는 왠지 알 것 같다는 불안한 확신이 들었고, 그것은 테오와 테오 아빠의 이야기와도 무관하지 않을 거라 추측했다.

*

드디어 그날이 왔다. 프로젝트 발표 날이었다.

〈드림캠프〉의 프로젝트인 드라마 '사실은 매실'이 캠프 마지막 날 상영되었다. 유니온의 노래가 배경음악으로 깔렸다. 드라마가 상영되는 동안 아이들의 눈길은 모두 수리에게로 향했다. 다니엘은 이번만은 수리를 쳐다보지 않았다. 영상을 응시할 뿐이었다.

"빛나는 시절을 함께하지 못했다 고개 숙이지 마. 어디에 있어도 내 곁에 ······."

노래 클라이맥스 부분의 남녀가 다른 공간에서 서로를 그리워하며 눈물 짓는 장면에서 수리는 가슴을 크게 들썩이며 큰 숨을 쉬었다.

영상이 끝나자 다니엘이 단상 앞으로 나왔다. 〈드림캠프〉 마무리 멘트를 다니엘이 맡았기 때문이었다.

"영상 잘 보셨는지요. 드라마에서 주인공 역할을 맡은

다니엘입니다. 지금은 드라마가 아닌, 실제 제 인생의 주인공인 제 자신의 이야기를 하고자 합니다. 그 이야기는 〈드림캠프〉 이야기와 함께 하겠습니다."

다니엘이 리모컨을 누르자 화면에는 사진이 시간 순서대로 펼쳐지기 시작했다. 아이들이 처음 만난 날, 회의실에서 서로에게 어색한 눈빛을 보내며 앉아 있는 모습, 다니엘과 미자가 식당 밖에 앉아 이야기를 나누는 모습, 유니온을 만나 함께 춤을 추고, 둥글게 모여 앉아 하와이안 피자와 고구마 피자를 먹으며 서로에 대해 이야기를 했던 장면, 야구를 관람하는 이링의 옆모습, 야구공을 쥐고 막춤을 추는 소피의 모습이 스치듯 지나갔다. 슬라이드가 끝나자 다니엘은 마이크를 바투 쥐고 말을 이어 갔다.

"슬라이드 쇼의 마지막 사진은 준호가 찍었는데요, 미자와 제가 회의실 구석에 앉아 반성문을 쓰는 모습입니다. 저는 그때 결심했습니다. 반성문에서 제가 하고 싶었던 얘기를 모두 다 하기로요. 여기서 반성문에 담았던 제 속마음을 여러분에게 들려 드리고자 합니다."

내 길을 갔을 뿐이었습니다. 어디로 가야 하는지 알았으니까요.

오늘 저는 미자와 함께 변길수라는 사람을 만나러 한

대학에 갔습니다. 그 사람은 제가 그도록 찾던 젤리 샤샤를 만든 장본인이자, 미자 엄마의 옛 애인이자, 미자 가족이 애써 모은 돈을 사업을 한답시고 들고 가 버린 인간이기도 합니다. 미자와 저는 그 사람을 꼭 찾아야 하는 이유가 분명했습니다.

변길수는 나쁜 놈이지만 샤샤를 만들었다는 점에서는 우리에게 소중한 사람이기도 했습니다. 그 젤리가 아니었다면 저는 수리를 만날 수 없었을 테니까요.

〈드림캠프〉에서 만나고 싶은 사람을 쓰라고 했을 때 처음엔 사람이 아닌 젤리 이름을 썼습니다. 그래야만 매실 맛이 나는 젤리를 떠올리며 혹시라도 나를 생각하지 않을까, 수리가 잠시나마 나의 모습을 그려 보지 않을까, 하는 생각에서였어요.

내가 반성해야 할 점이 있다면, 시카고 K 마트에서 수리를 처음 만났을 때 내 강보와 동일한 스카프를 왜 목에 두르고 있느냐고, 혹시 내가 누구인지 아느냐고 물었어야 했다는 것입니다. 아니, 〈드림캠프〉에 도착해 수리를 다시 만나자마자 내가 누구인지, 어디에서, 누구로부터 왔는지 말해 줄 수 있는 사람이 아니냐고 물어야 했습니다.

나를 찾는 길을 갔을 뿐입니다. 그 길이 미자가 가고자 하는 길이기도 했기에 망설일 이유가 더더욱 없었습니다.

어차피 〈드림캠프〉는 만나고 싶은 사람을 만나는 장이었으니까요.

당신에게 꼭 하고 싶은 말이 있습니다. 그 말을 할 기회를 주세요. 그것이 제가 당신을 떠날 수 없는 이유이기도 합니다.

"여기까지가 며칠 전 제가 수리에게 제출했던 반성문이자 저의 고백이었습니다. 이상으로 제1회 〈드림캠프〉 작품 발표회를 마치겠습니다. 그리고……."

다니엘은 말을 멈추었고 아이들은 숨죽이며 그의 이야기를 기다렸다. 다니엘은 옅게 한숨을 내쉰 뒤 말을 이었다. 아이들은 이어질 이야기를 기다렸다.

"프로젝트로 발표할 내용이 하나 더 있습니다. 방금 전 발표한 내용은 프로젝트로 미자, 소피, 이링, 그리고 제가 함께 작업했습니다. 〈드림캠프〉에 참가한 모든 친구들이 제 인생의 프로젝트를 기꺼이 〈드림캠프〉 프로젝트로 해 주었습니다. 제가 수리의 친아들이라는 확신을 이 친구들은 믿어 주었어요. 내 믿음을 있는 그대로 인정해 주었습니다. 우리가 영상을 찍으면서 필요로 했던 소품을 이제야 보여 줄 수 있게 됐습니다."

다니엘은 문서를 보였다. 백지였다. 아이들은 웅성거

렸다.

"저는 아무것도 찾지 못했습니다. 815라 쓰인 강보는
제가 한국에서부터 갖고 온 것이 아니었습니다. 그 강보
는 미네소타 입양아들을 위한 한국문화 캠프에서 나눠
준 사은품 중 하나였는데, 저를 만나기 전 제 부모님이
그 캠프에 방문했다가 한국 아이를 입양할 거라고 하니
미세스 킴이라는 분이 선물해 줬다고 했습니다. 그 천에
제 어머니가 바느질로 '광복'이라는 제 한국 이름을 박아
주셨고, 수리의 천에는 '광복'이라는 이름이 새겨져 있지
않았습니다."

다니엘, 아니 광복이는 한숨을 쉬고는 말을 이었다.

"저는 수리의 아들이 아니었습니다. 이 프로젝트는 오
해에서 시작됐습니다. 하지만 그 누구도 시작이 잘못되었
다고 말하지 않았습니다. 기꺼이 내가 나를 찾는 과정을
함께해 주었습니다. 적어도 그런 친구들이 있었습니다,
제게는."

다니엘은 감정이 북받쳐 올랐는지 잠시 마이크를 내려
놓고 목소리를 가다듬었다. 그러고는 이내 옅은 미소를
지으며 아이들의 얼굴을 하나하나 천천히 응시했다.

"이링, 내 믿음이 헛된 기대가 될 거라는 걸 눈치챘으
면서도 내 이야기를 끝까지 들어 주고, 그걸 드라마로 만

들어 줘서 고마워. 이렁 네 덕분에 내 과거를 인기 드라마로 떠올릴 수 있을 거 같아. 그리고 소피, 나를 단순하게 만들어 줘서 고마워. 복잡하고 어렵기만 했던 내 하루에 소피가 있어서 한결 가벼워졌어. 참, 팜이 나한테 말했는데 소피 네가 너무 매력적이래. 나도 그 말에 동의했어. 그리고 미자, 너를 보면서 나를 알아 갔던 그 순간을 항상 기억할게. 준호, 날 따뜻하게 대해 준 사람으로 기억할게. 내 고민을, 걱정을 들어 줘서 고마워. 마지막으로 수리, 우리를 찾아 주고 이렇게 한데 모여 서로에게 좋은 친구가 될 수 있게 해 줘서 감사합니다. 이렁, 소피, 미자, 준호, 그리고 수리와 지내며 일상을 함께한 경험은 내 인생에서 큰 축복이 되었습니다. 나의 오해로 빚어진 모든 일들을 있는 그대로 받아 주며 내가 누구인지 알아 가는 그 길에 함께 해 준 당신들이 있어 난 참 행운이라고 생각해요. 이상으로 발표를 마치겠습니다. 감사합니다."

다니엘의 발표가 끝나자 수리는 다니엘을 꼭 안아 주었다. 수리의 표정에는 슬픔과 안도와 기쁨 같은 것이 보였는데 마치 다니엘이 아기 광복이었던 때를 기억하는 모습 같기도 하다고 미자는 생각했다.

당신의 가장 빛나는 시절, 지금 바로 샤이닝.

회의실 중앙에 붙어 있는 샤이닝의 광고문구가 오늘 유

난히 빛난다고 미자는 생각했다. 어쩌면 이들이 가장 빛
나는 시절은 지금 이 순간이 아닐까, 그랬으면 좋겠다고
속으로 말했다.

*

프로젝트 발표회가 끝나고 다니엘, 미자, 이링, 소피는
회의실에 마주 앉았다. 아무도 먼저 말을 꺼내지 못하고
서로 눈치만 보고 있었고 다니엘이 어렵게 입을 열었다.
"미리 솔직하게 얘기하지 못해서 미안해."
수리와 다니엘의 스토리를 프로젝트로 만들겠다는 의
견이 하나로 모아지자 준호는 난감했지만 아이들의 프로
젝트 준비를 끝까지 기다려 주기로 했단다. 그러나 DNA
검사지를 공개하자는 의견으로 수리의 머리카락과 칫솔
을 갖다 달라는 아이들의 절실한 부탁을 준호는 외면할
수 없었고 거짓을 꾸며 낼 수는 더더욱 없었다. 고민 끝에
준호는 수리에게 이 사실을 알렸다고 한다. 다니엘은 그
간의 이야기를 천천히 해 주었다. 다니엘은 잠시 말을 끊
었다가 미자를 바라보고는 말을 이었다.
"수리가 나를 불러서 얘기해 주더라고."
"무슨 이야기를 했는데?"

소피가 참지 못하고 물었다.

"아들을 이미 찾았다고."

"뭐야? 법적으로, 아니 생물학적으로 아들이 맞대?"

이링의 물음에 다니엘은 고개를 끄덕였다. 미자는 다니엘의 손을 꼭 잡았다. 그렇게 하지 않으면 자기도 모르게 모든 이야기를 쏟아 내 버릴 것만 같아서였다. 미자는 수리의 아들이 누군지 알고 있었지만 아이들에게 말하지 않기로 했다. 그것은 테오와의 약속이기도 했다. 미자는 다니엘의 손을 놓고 말했다.

"미안, 난 먼저 일어날게."

"야, 이갈비미자, 지금 이렇게 중요한 얘기를 하는데 어딜 가?"

소피는 미자의 팔을 잡아끌며 목소리를 높였다.

"할 일이 있어."

"네가 다니엘 일 말고 뭔 일을 해야 되는데?"

소피의 말에 짜증 낼 법도 했지만 미자는 먼저 다니엘의 표정을 살폈다. 다니엘은 고개를 끄덕였다. 괜찮다는 말 같았다. 미자는 옅은 한숨을 내쉬고 자리를 떴다. 테오와의 약속이 있어서였다. 무거운 발걸음을 떼어 가며 건물 앞으로 나서니 테오가 택시 앞에 서 있었다.

"우리, 어디 가는데?"

"가 보면 알아."

택시는 곧바로 고속도로로 진입한 후 어느 작은 도시에 도착했다. 그러고도 한참 시골길을 달리더니 숲이 우거진 곳으로 가고 있었다. 미자는 수시로 테오의 얼굴을 살폈다. 더 맑아진 눈망울과 작게 벌린 입술, 더없이 선한 표정이었다. 택시가 더 깊은 숲속에 진입했을 때였다.

"기사님, 여기 세워 주시면 돼요."

테오는 턱짓으로 내리라는 신호를 보였고 미자는 택시 문을 열었다.

"이쪽이야."

테오가 가리킨 커다란 나무 앞에 섰다. 커다란 초록 풍선이 대여섯 개 달린 듯한 모양을 한 향나무였다. 바오밥나무처럼 굵은 기둥은 기대고 싶어지는 누군가의 커다란 등 같기도 했다. 나무 앞에는 작은 표지판 같은 게 박혀 있었다. 미자는 자리에 쪼그려 앉아 글자를 읽어 보았다. 마주한. 글자 앞에 한자가 하나 적혀 있었다. 미자는 그 한자의 뜻을 알지 못했지만 흙 위에, 나무 아래 사람 이름이 적혀 있을 때에는 숭고한 의미가 있을 거라는 것쯤은 눈치챌 수 있었다.

"우리 아빠야."

테오는 자신의 이야기를 해 주었다. 3년 전의 일이었고,

총기사건이라고 했다. 엄밀히 말하자면 총기난사사건. 총을 든 젊은 남자가 백화점 일 층에 있는 사람들을 향해 총을 겨눴고, 갓난아이를 안은 여성을 향해 총구가 겨눠졌을 때 테오 아빠는 그 앞으로 달려갔다고 했다. 그것이 그의 생에서 마지막 발걸음이라고 했다.

"미자 너한테도 아빠가 옆에 없다는 걸 알았어."

"내가 그런 말도 했었나?"

"아니, 한 적 없었어."

미자는 이해할 수 없다는 표정으로 테오를 봤다.

"미자갈비 식당에 갔을 때 봤어. 카운터 옆에 남성 사진이 붙어 있는 거. 너랑 엄청 닮은 분이더라고. 어느 날, 네가 그 사진 앞에서 거수경례를 하는 걸 봤어."

미자는 아빠 영정 사진 앞에서 묵례를 하지 않았다. 대신 거수경례를 했다. 그것은 하루 일과 중 중요한 일이기도 했다. 아빠 앞에서 고개를 숙이고 싶지 않아서였다. 고개를 숙이면 슬퍼지고 슬퍼지면 울게 됐다. 군인 출신 아빠에게 씩씩하게 잘 살고 있는 모습을 정면으로, 제대로 보여 주고 싶은 마음도 컸다.

"미자 네가 거수경례를 하는 모습이 잊혀지지 않더라고."

아빠를 잃고 상실감에 괴로워했던 테오에게 미자의 강

건함이 큰 힘이 됐다고도 했다. 미자는 이해하기 어려웠다. 자신이 매일 하는 루틴이 누군가에게 살아갈 힘이 되어 준 사실이 신기하기도 했다. 하루를 잘 살면 그것으로 족하다는 고모의 말도 떠올랐고, 테오가 말했던 테오와 미자의 공통점은 바로, 곁에 없지만 언제나 같이 있는 듯한 아빠였다는 생각이 스쳤다.

"참, 변길수 말야."

변길수라는 말에 미자는 번뜩 귀가 뜨였다.

"사기혐의로 교도소에 가게 될 거야."

"네가 어떻게 알아?"

"수리가 변호사를 선임해서 사기 사건을 해결해 줬어."

아이들이 무단 외출을 한 뒤 수리를 보러 간 날이었다고 했다. 수리와 테오 사이에 놓인 서류가 변길수의 사기 혐의 고발과 관련된 내용이었다고도 했다. 그 말을 들은 미자는 잘됐다, 라는 말을 하려다 말았다. 변길수가 죗값을 치르게 된 건 잘된 일이었지만 테오가 여전히 수리를 수리라고 부르는 게 조금은 신경이 쓰여서였다.

"테오야."

"응."

"언제 알았어?"

"뭘?"

"수리가 네 친엄마라는 거."

바람이 불었다. 테오는 검은 셔츠의 옷깃을 여몄다. 미자는 기다렸다. 테오가 답하고 싶지 않다면 더 이상 캐묻지 않을 생각이었다. 테오는 향나무의 기둥을 한 손으로 쓰다듬으며 말했다.

"여기는 아빠와 수리가 자주 찾던 곳이었대. 여기 다시 오자고 했는데 그 약속을 서로 지키지 못했다고 얘기하더라고. 3년 전 수리가 아빠 장례식에 왔었거든."

테오는 여전히 수리를 수리라고 불렀고, 더 이상 말을 잇지 않았다. 미자는 테오를 따라 향나무 기둥에 조심스레 오른손을 얹었다. 따뜻하고 거친 질감이 손바닥을 타고 온몸으로 전해지고 있었다.

"시카고에 가면 나 한 번 만나 줄 거지?"

테오의 말이 뜬금없게 느껴져 미자는 테오의 눈을 보았다.

"쿠폰 하나 더 남았잖아. 잊지 마."

쿠폰이라는 말에 미자는 피식, 웃어 보였다. 테오도 웃었다. 지금까지 미자가 본 모습 중 가장 환한 얼굴이었다.

다니엘, 아니 광복이의 말이 떠올랐다. 모든 일은 오해에서 시작되었다고. 다니엘은 자신이 수리의 아들이라고 믿었고, 준호는 자기가 다니엘이 생모를 찾는 일을 도울 수 있다 확신했고, 수리는 자신의 아들을 다시는 만나지 못할 거라고 좌절했고, 미자는 변길수를 만나 떼인 돈을 받아 낼 수 있을 거라 자신했다. 다니엘은 친엄마를 찾지 못했고, 미자는 돈을 돌려받지 못했다. 그런데 이상하게도 미자는 상실감이나 허탈감 대신 가슴이 충만해지는 기분을 느꼈다.

미자는 향나무 기둥을 양손으로 쓰다듬기 시작했다. 마른 나무향이 풍기며 가슴이 꽉 차는 느낌에 사로잡혔고, 다니엘, 이링, 소피, 테오, 준호, 수리, 미자에게 다가와 자신들의 이야기를 펼쳐 보인 친구들의 모습이 하나씩 그려졌다. 그리고 한 번도 만난 적이 없는 나무가 된 남자, 마주한. 그 사람이 미자의 손바닥에 대고 말하고 있었다. 잘했다고, 참 잘했다고, 그 자리에 그렇게 있어 준 건 참 잘한 일이라고. 무엇보다 네 손은 따뜻하다고, 햇빛보다 더 따스하다고 말해 주는 듯했다.

〈드림캠프〉, 그 이후

　미자는 C 대학교 경영학과에 전액 장학금으로 입학했다. 〈드림캠프〉에서의 활약 덕분이었고, C 대학 출신이자 그 학교의 고액 기부자인 수리가 써 준 추천서 덕분이기도 했다. 물론 〈드림캠프〉 프로젝트를 성공적으로 마쳐 에스에스 815 그룹에서 장학금도 받았다.

　다니엘은 미국 최고의 사립대인 V 대학 언어학과에 합격했다. 다니엘은 여전히 샤샤를 즐겨 먹는다. 변길수가 갖고 있던 샤샤 특허권을 수리가 산 덕분에 단종되었던 젤리가 한국뿐만 아니라 북미 지역에서도 인기리에 팔리고 있다. 다니엘과 미자는 〈드림캠프〉 이후로도 장거리 연애를 이어 갔다. 미자는 서부에, 다니엘은 동부에 있는 대학에 다녔지만 방학이나 휴가 때마다 다니엘이 서부로 와서 두 사람이 함께 지내곤 했다.

　소피는 보르도의 유명 와인 공장에서 일한다. 곧 결혼

을 앞두고 있고 상대는 대만 사람이라고 했다. 대만 사람인 이링은 예정대로 타이베이 대학에서 한국어를 전공하며 한식당에서 아르바이트를 하고 있다. 그 식당은 젖먹이 이링을 키워 준 냉면집이었다. 그 집 육수를 먹고 자란 이링이 그 식당에서 일을 하게 된 것이다.

드디어 〈드림캠프〉의 두 번째 문이 열렸다.

제1회 〈드림캠프〉 이후, 삼 년 만이었다. 팬데믹으로 캠프를 열지 못했고 올해 다시 참가자를 받았다.

미자는 〈드림캠프〉 스태프가 되었다. 그룹 내에서 승진을 한 준호가 더 이상 이 일을 맡기 어렵게 되자 미자가 그를 대신해서 일하게 되었다. 다니엘은 V 대학을 휴학하고 에스에스 815 그룹의 인턴으로 일하게 되었다. 그들은 모두 목에 사원증을 걸었을 뿐만 아니라 급여를 받고 일했다. 미자는 샤이닝 미국 지사 소속으로, 보수는 미국에서 받게 되며, 이 주간 출장 형태로 한국 본사에서 일하게 되었다. 다니엘에게는 직업 비자가 필요 없었다. 대신 그는 대한민국 여권을 발급받았다. 이제 그는 제 말마따나 미국인도 되고, 한국인도 되었다.

오늘은 제2회 〈드림캠프〉의 첫날이다. 미자, 다니엘, 소피, 이링만큼이나 다양하고 비밀스러운 이야기를 품고 온 아이들이 모였을 거라고 미자는 추측했다. 오리엔테이션이 진행 중인 회의실 문틈으로 안을 들여다보았다. 다니엘이 단상 앞에서 〈드림캠프〉 소개를 하고 있었다. 올해 참가자들은 스무 명 이상으로 보였다. 아이들의 한국어 실력은 알 수 없었으나 다니엘의 한국어 실력은 몇 해 전보다 훨씬 늘어 이제 누구 앞에서도 한국어로 자신의 이야기를 해냈다. 자신감과 수줍음이 동시에 드러나는 그의 표정을, 미자는 화면에 담았다.

회의가 끝나자 다니엘이 밖으로 나왔다. 다니엘은 잠시 문 앞에 멈춰 서서 고개를 갸웃하며 미자를 바라보았다. 미자는 다니엘에게 다가가 그의 어깨를 가볍게 치며 말했다.

"한국말 잘하네."

"한국 사람이니까."

"한국 사람이라고 다 잘하는 건 아니지."

다니엘이 웃었다. 미자는 보조개가 팬 그의 입가에 손을 대었다. 그러다가 다니엘이 사뭇 심각해진 표정으로 말을 꺼냈다.

"미자야, 내가 몇 달 후면 더 멀리 가게 될 것 같아."

"어디로 가는데?"

"평창."

"평양?"

"평.창. 동계올림픽 했던 곳 말야."

"왜?"

"군대 가니까."

군대라는 말에 놀라긴 했지만, 다니엘이 한국 여권을 갖고 있는 이상 의무라는 것도 미자는 알고 있었다. 미자는 한숨을 쉬며 말했다.

"오래 가 있어야 돼?"

"조금."

장거리 연애로 힘들었던 미자에게서 다니엘이 좀 더 멀어지는 것 같아 미자는 조금 두려운 마음도 들었다. 그래도 다니엘 앞에서 실망하는 모습을 보이고 싶지는 않아 대수롭지 않다는 듯 "알았어"라고만 했다. 미자의 반응에 다니엘은 투정하듯 물었다.

"그게 다야?"

"뭐가 더 필요해?"

"군대에 가면 나 보러 올 거지?"

"유 아 드리밍(You are dreaming)."

이 말에 다니엘은 눈을 살짝 흘기는 시늉을 했고, 미자는 한 걸음 뒤로 물러나려다가 그의 목을 와락 끌어안았다. 다니엘은 미자를 꼭 안은 채 그녀의 등을 천천히 쓸어

내렸다. 다니엘의 손이 스치고 간 자리마다 그의 숨결이
느껴졌다. 미자는 다니엘을 조금 더 세게 끌어안고 그의
이름을 불렀다. 다니엘, 아니, 광복이.

작가의 말

"언니, 무슨 화장품 써요?"

한 소녀가 물었다. 당황한 나는 머뭇거리다 아이가 알 법한 미국 브랜드와 한국 브랜드 이름을 함께 댔을 것이다. 아이는 연이어 질문했다.

"내가 크면 언니를 닮겠지?"

한눈에 봐도 나와 닮지 않은 아이는 내 얼굴을 유심히 살피고는 말을 이었다. 자기가 사는 지역에는 한국 사람들이 없으니 다른 한국 사람들이 어떻게 생겼는지도 알 수 없었고, 나중에 성인이 되었을 때 자기는 어떤 모습일지 늘 궁금했다고. 언니는 한국 사람이니까, 자기랑 같으니까 언니가 쓰는 걸 쓰고 싶다고. 그러면 나는 언니랑 닮은 모습이 되어 있을 거 같다고.

내 생김새가 누군가의 미래를 상상하게끔 도왔다는 사실은 오랫동안 마음에 남았다.

미국 북동부 지역의 모 대학에서 교환학생 자격으로 일 년간 수학했을 때의 일이다. 그해 여름 뉴욕에서 매년 열리는 한국 입양아들을 위한 한국문화 캠프에 일주일간 참여할 기회가 있었는데 소녀는 그곳에서 만났다.

이후 한국에 돌아와서도 미국에서 만났던 입양아와 부모님들 그리고 성인이 된 입양인 친구들과 꾸준히 연락했다. 그들은 궁금한 게 참 많았다. 김밥, 사물놀이, 화장품, 가족, 그리고 한국어. 그들이 던진 수많은 질문에 답을 찾으며 이어진 인연은 내가 한국어 교원이 된 계기로 자연스레 이어졌다.

나는 20년 이상 한국, 미국, 캐나다, 대만의 대학과 대학 부설 기관 등에서 한국어와 한국문화를 가르쳐 왔다. 다양한 국적과 연령층의 학습자들을 만나며 많은 이들이 자신이 누구인지 알아가기 위해 한국어를 배운다는 사실을 깨달았다. 비단 한국계뿐만이 아니었다. 한국과 아무런 연고가 없어도 한국어 학습을 통해 자기 정체성을 찾으려는 학생들이 적지 않았다. 나의 언어는 그들의 한국어보다 유창하고 문법적으로 정확했으나 때로는 학생들의 한국어가 훨씬 아름답고 깊이가 있었다. 거기에는 그들만의 이야기와 삶이 있었고 그것이 한국어를 통해 너무나도 찬란하게 표현될 때가 있었기 때문이었다. 나는 그들의 말을 놓치고 싶지 않았다. 우리가 평소에 쓰지 않는 표현이라고 해서 그들의 한국어가 부정확하다 단언할 수 없었으므로 그들의 반짝이는 언어를 모아야겠다는 욕심이 생겼고 실제로 그렇게 했다. 그 결과, 감사하게도 나의 모국어를 통해 그들의 삶을 배우는 선생이자 그들의 언어를 전하는 작가가 되었다.

내가 학생들과 함께 성장해 왔음은 부인하기 어렵다. 내면의 아름다움을 가꾼 이들을 만나며 좋은 선생이자 좋은 엄마, 좋은 인간이 되는 법을 배워갈 수 있었다. 언어를 다루는 일이란, 타인 속에서 진정한 자신을 찾는 방법이었다는 것을 학생들과 함께 학습했다. 나는 그 여정이 진심으로 즐거웠다.

이 글은 내 아이가 고등학교에 들어가면서 쓰기 시작했다. 그럴듯한 청소년 소설을 써내서 아이에게 읽히고 싶은 마음에서였는데 결국 고등학생이었던 아이가 대학을 졸업하고 사회인이 되어서야 이 글을 세상에 내놓게 되었다. 인내심이 뭔지 제대로 알려주겠다며 있는 팔 없는 팔 다 걷어붙인 소설 덕분에 여러 번 고치고 쓰기를 반복하여 예상보다 훨씬 더 많은 시간이 걸린 것이다. 덕분에 소설 속 인물들과 지내는 시간이 길어졌는데 다니엘, 미자,

소피, 이링의 감정을 따라가며 나도 이 아이들처럼 어찌할 수 없는 일에 매달려 울상 짓기도, 타인을 대하는 일에 서툴러 크고 작은 오해를 키웠겠구나, 라는 생각을 했다. 관계에 서툴렀던 나를 따뜻하게 대해줬던 친구들, 그들에게 더 많은 애정과 관심을 주지 못해 미안한 마음도 들었다. 이 글에 담긴 마음이 그 친구들에게 가 닿았으면 좋겠다.

이 소설이 세상에 나오기까지 애써주신 감사한 분들이 너무나도 많다. 소설 쓰기의 고단함과 쾌감을 동시에 알려주신 김이설 선생님께 감사의 말을 전하고 싶다. 딱 일 년만 이 글을 더 해 보자고 격려해 주지 않으셨다면 나는 또 부족한 재능을 운운하며 소설 쓰기를 접었을지도 모른다. 매일 글쓰기의 루틴을 잡아준 효창서담의 박유미 대표와 그 시간을 함께해준 문우들에게도 감사의 마음을 전한다. 나의 소중한 동료 김준희 작가, 이운화 작가, 조은미 작가의 도움과 격려는 언제나 큰 힘이 되어 주었다. 무엇보다도 귀한 추천사를 써 주시고, 한국어교육계에 종사하는 내내 든든한 버팀목이 되어주신 민현식 교수님께도 진심으로 감사 인사를 전하고 싶다. 나의 첫 소설이 독자들에게 널리 읽히도록 물심양면으로 애써주신 해피

231

북미디어 권경옥 편집장님과 이선화 편집자님에게 감사하다. 아울러 오랜 시간 동안 나의 글쓰기를 묵묵히 응원해 준 이종기와 이현우에게 무한한 사랑을 전한다.

실제로 한국에서 〈드림캠프〉를 열어보는 것이 나의 오랜 꿈이기도 하다. 소설로나마 그 꿈을 실현할 수 있게 돼서, 이제 소설을 쓰는 사람이라고 말할 수 있어서 기쁘다.

당신이 가장 빛나는 시절은 지금 바로 이 순간!

2024년
저자 조영미